ANDREAS CHAMORRO

DIVINDADES SOLITÁRIAS

KOTTER
EDITORIAL

Coordenação editorial: Sálvio Nienkötter
Editor-executivo: Francieli Cunico, Raul K. Souza
Editor-adjunto: Fernando Lajus
Editor-assistente: Daniel Osiecki
Capa e design editorial: Carlos Garcia Fernandes
Produção: Cristiane Nienkötter
Preparação de originais e revisão: O Autor

Dados InternacionaisdeCatalogaçãonaPublicação(CIP)
Angelica Ilacqua CRB-8/7057

Chamorro, Adreas
Divindades solitárias / Adreas Chamorro. -- Curitiba : Kotter Editorial, 2021.
152 p.

ISBN 978-65-89624-46-2

1. Literatura brasileira 2. Contos brasileiros I. Título

CDD B869.8
CDU 82-34(81)

21-2348

KOTTER EDITORIAL

Kotter Editorial Ltda.
Rua das Cerejeiras, 194
CEP: 82700-510 - Curitiba - PR
Tel. + 55(41) 3585-5161
www.kotter.com.br | contato@kotter.com.br

Feito o depósito legal
1ª Edição
2021

ANDREAS CHAMORRO

DIVINDADES SOLITÁRIAS

Para tia Isaura, pela ignição.
Para dona Fran, pelos cafés, pelos ouvidos.
Para Isabella, pelos sorrisos, pelo incentivo.
Para Diego, pelo testemunho.

Para Georgie, por ter escrito Ficções.

Qualquer destino, por longo e complicado que seja, consta na realidade de *um único momento*: o momento em que o homem sabe para sempre quem é

Biografia de Tadeo Isidoro Cruz (1829-74), Jorge Luis Borges.

SUMÁRIO

O AUTODIDATA[1]

[1] *Póstumos*, Jorges Luis Borges, Companhia das Letras (2020)

Por volta de 1921, achei um envelope suspeito na algibeira de meu capote; eu e alguns espanhóis saímos do Café de Los Artistas após um fim de tarde modorrento de recitais ultraístas, quando intentei de aquecer a mão no bolso. O envelope nada tinha de especial e, se houvesse remetente e endereço, não seria um envelope suspeito. Abrigava um retângulo de papel com as direções para um livro específico que encontraria na Biblioteca Nacional. De início (e jovem de anseios que era) zombei do remetente e confesso que concluí que aquilo poderia ser coisa de algum pândego.

Meses depois, meu pai decidiu voltar a Buenos Aires. Após eu ter espalhado o ultraísmo e ter fundado uma revista, foi que caminhei até a Biblioteca Nacional e conferi a estante que o velho papel indicava. Foi nessa tarde específica que entrei em contato com a obra chamorriana. Os tomos tomavam quarenta centímetros de uma prateleira; por mais ansioso que estivesse para ler aquele mistério, não pude levar mais que os três primeiros tomos. Atrás da folha de guarda do que parecia ter sido seu livro de estreia (uma coletânea de contos) tinha uma carta escrita a punho pelo autor. Li tudo em dois dias, começando pela carta. Esta começava congratulando-me; no decorrer da leitura percebi-me conhecido de Chamorro: nas primeiras linhas afirmou que fui um autor bem sucedido, nos parágrafos seguintes redigiu duas afirmações: a primeira, que minha curiosidade pelo futuro aguçaria-se na leitura epistolar, como um impulso causado pelas reflexões do entendimento; a segunda, que eu havia lido Enoch Soames, portanto não revelaria nada a respeito de minha carreira, que tanto eu quanto o brasileiro sabíamos o perigo de tal hábito. Por fim, confirmava que em seus dias eu continuava sendo lido com fervor e garantiu que eu tinha ótimos discípulos - mencionou um conterrâneo de sobrenome anglicano, um tal de Felipe Holloway.

Andreas Chamorro nasceu (tratarei de escrever este ensaio no tempo do brasileiro, contudo, entenda o leitor que todos os verbos correspondentes ao sujeito Chamorro podem estar no futuro, em suma: nascerá) em 1994. O galho materno origina-se em Portugal e Espanha: a avó nascera em Bombarral no ano de 1948, e em 1947 o avô, em Madrid. A estirpe influenciou sua obra e encontramos isso em um de seus escritores inventados, Eulogio, mesmo nome do bisavô. Na carta contava-me que foi leitor assíduo em toda a primeira infância mas que nos anos de formação abandonou a escrita (que já havia sido desenvolvida) e viveu mundanamente aprendendo sobre destino e vivências, numa espécie de *amor fati* despercebido. A redação acaba-se em um aviso: "...recomendo ao senhor a leitura de minha obra, no último livro encontrará uma carta igual, porém, com o acréscimo da síntese de tudo o que apresentei...". Passei por um momento de epifania quando terminei a leitura da carta; afinal eu recebera uma correspondência de onde ainda não se existe.

Levei um semestre para completar a leitura da obra de Chamorro, acabei fazendo um laço com a bibliotecária que ali sempre me via (numa futura noite de pesquisas eu e Bioy soubemos da morte da bibliotecária, doeu-me mais que o medo de falhar em minha busca enfadonha). Listo as de qualidade, omito as prescindíveis:

A - Pero el hombre es un ingenio lego!, contos. (2020)
B - Nem teme, quem te adora, a própria morte, romance. (2021)
C - Os Demiurgos, romance. (2022)
D - Cosmo de Otávio, romance. (2025)
E - Três novelas filosóficas, novelas. (2026)
F - O outro clero, romance. (2029)
G - O Voyeur, ensaio filosófico. (2032)
H - Crônica de uma exogênesis, romance. (2035)
I - Mausoléu de toda esperança, romance desmontável (2051)

Examinar a obra refratária de Chamorro exime-nos de comentários efêmeros sobre cada um dos aspectos. Os tantos livros que refletem entre si exigem tardes de chuva e certo encantamento, senão a obra do brasileiro não se fará entendida. Foi o que me ocorreu naquele 1924. O máximo que extraí de minha primeira leitura foram as presenças nada sutis de Schopenhauer e Goethe e certo uso de metalinguagem e espelhamentos, assunto com os quais fui me acostumar nos decênios seguintes; os grandes romances, por mais temáticos que fossem, acabavam por serem um grau de aproximação do autor: Chamorro começa no homem, no animal, na cidade e chega até o cosmos e galáxias. "... o senhor também acredita que um homem é todos os homens, resolvi me armar de uma lupa, por mais clichê que seja a metáfora, faço bom uso, mostro o cerne com meu personagem egóico Otávio, mas também mostro a humanidade como um todo...", me escreveu de Montevidéu.

Pela metade da década de 30 reli a obra chamorriana e a compreendi. Escrevi-lhe elogios e comentários em 1938 e 39, no dia 7 de agosto deste último, tivemos longas discussões epistolares a respeito de suas intenções literárias e o *establishment* de sua obra principal, listada acima. Confessara-me um certo temor de ser taxado de elitista: "Corroboro, mestre, da opinião de uma crítica literária contemporânea: o verdadeiro leitor de literatura trabalha como um enólogo separando os vinhos chilenos dos de mesa, justamente por dominar as nuances devido aos anos de estudo." Para Chamorro o escritor deveria fazer milagres com o que possui, seja apenas uma prateleira com ingleses ou filósofos. Assim, mais uma vez ouvimos a voz de Schopenhauer em suas afirmações.

Chamorro estreia na ficção com uma coletânea de contos intitulada *Pero el hombre es un ingenio lego! (2020)*, título de tripla referência: alude a Cervantes, a sua ascendência espanhola e a seu principal conceito filosófico: o Homem Autodidata, que desenvolveu nas décadas seguintes. O livro tem uma abundância de espelhamentos e diálogos para com toda a obra posterior; Chamorro queria ser eu, mas os seus livros fictícios existem. A coletânea contém treze textos e uma intertextualidade presente em sua maioria. Destaco os contos *O autodidata* e *Divindades Solitárias,* o primeiro sendo o mais interessante: trata-se de um conto de metalinguagem onde Chamorro pretende se apresentar aos leitores, usando de meu nome (dizendo sem dizer: aquele que lê Shakespeare assiduamente *é* Shakespeare) diz que eu o inventei e o analisei num ensaio fictício póstumo. *O autodidata* poderia servir de prefácio à sua coletânea, porém redigido em ficção. Foi o primeiro texto de Chamorro no qual deitei os olhos, e compreendi que uma das subversões que o escritor inaugurava era seu interesse pelo futuro; nada o interessava no passado a não ser seu registro, contradizendo seus ditames epistolares. Como disse, analiso sua obra no texto; nos meus comentários a respeito do seu terceiro romance, um fáustico, afirmo que sua leitura me proporcionou o desenvolvimento da tese de que Chamorro também fazia um movimento contrário ao meu: ele transformava a ficção em realidade, afinal, se escrevera sobre pactos fáusticos e em seu primeiro conto decide por apresentar obras que seriam escritas, portanto, estaria fazendo um pacto consigo mesmo; se quisesse empreender todas as suas ideias no mundo concreto, teria de cumprir o que prometera em seu vero início.

O título sugestivo elucida o próprio Andreas Chamorro, já que enveredara pelo autodidatismo para escrever esses livros. Gostaria de reiterar a qualidade também de *Divindades Solitárias.* Aqui temos um conto um tanto quanto cosmogônico e teológico, a trama compreende a ascensão e queda de uma criação poderosíssima de Kirastes, um deus qualquer. De um dos rios — rios esses que se movem por conta própria — criou a imaginação. Por conta de tal proeza conseguiu gerar filhos, gêmeos opostos. O argumento se dá quando Kirastes decide criar o objeto livro: seus homens dividem-se entre leitores e não leitores. O texto termina com o deus sendo esquecido pela humanidade, tendo de vagar incerto e solitário, olhando a si mesmo. Por outro lado, há alegorias escondidas no curto texto. Quem seriam as solitárias divindades vagando no éter? Quem lê ou quem cria?

Nem teme, quem te adora, a própria morte é o romance composto por episódios que caminham para um futuro ignorado e que narra a história de uma peste. Chamou-me a atenção a filosofia política que permeia todos os núcleos de personagens e a indiscreta fixação do autor pelo futuro. Sobre o romance afirmou-me numa carta de 40: "... esse livro é minha contradição; queria fugir um pouco de louvar progressos ou atrasos, porém esse acabou sendo meu livro mais político. Sobre o título, vide o hino de minha pátria". Em algumas passagens, remeteu-me à Woolf e Joyce, em outras percebi uma leve acidez, mas nada que o transformasse num Aristófanes de sua época. O curioso (e medonho) em se ler um romance realista escrito em tempos futuros é perceber que nada mudara; não é Huxley, mas também não é More.

Os Demiurgos poderia ser a antítese de seu antecessor: fábula erudita, narra a história de um comício feito de animais cujo grande momento é a dialética entre o pangolim, o morcego e a serpente; na maior parte do texto esses animais buscam a resposta para a grande argumentação levantada sobre o destino do Homem, visto eles terem inventado a peste que é o canvas do romance anterior. Nesse romance, Chamorro fora infeliz por usar de alegorias, porém fora imbatível ao personificar a Razão na figura do morcego, a Imoralidade na serpente e a Emoção no pangolim. O debate é a preservação do equilíbrio da natureza, o dilema entre ser ou não mundo, isso faz com que essa seja a obra mais nietzscheana do escritor.

O romance seguinte foi mais aprazível: *Cosmo de Otávio* traz um pacto fáustico onde o protagonista é um mentiroso compulsivo, o que me lembrou algum romance que pretendia escrever junto de Bioy. Ressaltando pretensões, quando li a obra fáustica de Chamorro, veio-me a tese de que havia feito um pacto consigo mesmo, visto estas obras já terem data estabelecida e terem sido escritas e publicadas. As mais de setecentas laudas são narradas por Otávio, que, embora oriundo de uma região humilde no Brasil, expõe-se chamorriano em seu autodidatismo: é erudito, mas se fizera sozinho. O Fausto moderno de Chamorro perde para as produções seguintes, escritas num período mais maduro. *Cidade das Letras,* a primeira das *Três novelas filosóficas,* é uma alegoria para o mundo literário, um teor fantástico muito bem usado: a novela conta a história de uma cidade imaginária onde todos são leitores e escritores, e toda a problemática acerca da eternidade, do exacerbado e da qualidade literária; *O outro clero* é um romance religioso que acompanha gerações de sacerdotes e sacerdotisas de culto africano e que muito me chamou a atenção. *Crônica de uma Exogênesis* poderia ser considerado outra emulação de Chamorro, e dessa vez o escolhido é Ovídio; o romance de mais de mil páginas tem um início cosmogônico tal como em *Metamorfoses,* contudo sob uma ótica científica. Chamorro quer superar Ovídio, como Ovídio quis superar Hesíodo, Homero e Virgílio. O romano conta até seus dias; o brasileiro chega de forma efêmera até seu "presente" nas primeiras oitenta páginas, o restante ultrapassa o tempo, pois ele é destruído. *Crônica* é o desejo de Quentin Compson; é uma refutação do cronológico tão querido para o modernismo. O enredo se demora na exegese, contando o que aconteceria à humanidade caso bilhões fossem sequestrados e escravizados por outra civilização: "(...) E se as buscas pelas Índias e especiarias fossem intergaláticas? Quis mostrar nesse livro que a pior das coisas que um humano já fez foi ter escravizado outro ser humano. (...)"

Mausoléu de toda esperança, escrito no sexto decênio de vida, é um compêndio de seus autores inventados e momentos paralelos no tempo. Quatro são um: Andreas Chamorro, Apolinar Costa, Açucena Castro e Eulogio Sebastian contam uma mesma vida, porém um é escritor e ateu, outro é escritor e religioso, outra é escritora e solitária, outro é escritor fracassado e de morte prematura. Cada parte do livro traz um tema: , *Dedéu* traz momentos da infância[2]; , *Pai Andreas de Yemonjá* traz as questões ortodoxas e hereges,

[2] a vírgula se encontra no texto original (N.E.)

ou seja, numa mesma sequência de capítulos temos um problema religioso indo por diversas bifurcações, uma conclusão e consequência diferente da outra. Cada capítulo é escrito por um autor, com técnica e foco diferentes; um é a descrição de uma casa, outro, a cena que se passa nessa casa, ainda outro pode trazer diferentes finais para o conflito ali já apresentado.

A carta que encontrei entre as folhas do último capítulo de *Mausoléu* contava-me o íntimo de Chamorro; parágrafos catárticos me mostraram seu exímio conhecimento de Nietzsche. Percebi que morreu quando não respondeu a minha última carta, uma especialíssima, que fora acompanhada de uma brochura onde redigi um ensaio fictício sobre suas obras completas.

O AUTODIDATA, UM CONTO DE BORGES?

Por insistência de uma amiga colombiana, participei do Leilão Anual de Arte promovido pela Casa Amaro Francesca, clube de origem libanesa cujo edifício é localizado de frente à uma praça ordinária na Bela Vista; a ocasião se deu em 2003. A criatura lânguida e de olhar agudo, devota do uso de risca de giz, veio de visita a São Paulo em decorrer de um pacto feito em 98: a cada cinco anos teríamos de nos ver. Num sábado, a amiga sacou um *flyer* e o expôs rente meu rosto: os dizeres avisavam do grandessíssimo leilão. Chegamos por volta das três da tarde. Minha cadeira acabou sendo a de número sete, e o objeto que adquiri (primeira e única vez que adquiri algo de um leilão) era o décimo-terceiro apresentado; algo tão cabalístico quanto esses numerais e que também ocupava a sala era Cornélia, a amiga: vivia falando de cartomantes, escadas, incensos e horóscopos. Adquiriu a escultura de um abutre islandês, ou deveria chamar de escultura de um galo dos mortos; confirmou-me que a usaria para enfeitar sua mesa cheia de ídolos. Tanto misticismo deu-me sorte: uma pequena fortuna presenteou-me com um livro raríssimo de Borges. O exemplar era um dos três existentes no mundo. A brochura cheirava a século vinte; a capa não continha título, também não havia ficha catalográfica. Ali tínhamos apenas um conto, talvez, como explicara o pregador no palanque, um texto esparso que Borges escrevera em correspondência a Bioy; este acabara publicando - se é que se pode usar este gerúndio - os três exemplares: um para Estela pois sabia que Borges teria dedicado à ela, um para si mesmo e outro para Silvina.

No retorno a meu apartamento Cornélia sugeriu-me que meu exemplar seria o de Bioy, visto a mancha escura na parte inferior externa do miolo, sinal de releituras à beça. Contestei debilmente, uma vez que estava mais interessado em ler o solitário conto na poltrona da sala quando chegasse. Acabou que a leitura, além de ter sido múltipla, durou anos. Nunca havia sido fisgado dessa maneira por um conto não tão inédito em teor borgeano.

Foi tamanho meu êxtase que escrevi um ensaio sobre ele, que transcrevo agora.

O Autodidata ou um rascunho para *Herbert Quain*

Por Frederico Córdoba

Desde que um possível rascunho para *Herbert Quain*, intitulado *O Autodidata*, foi publicado no Brasil, uma pauta vem fervilhando nas rodas de debate literário e filosófico. O achado fora ovacionado: quando a primeira edição da coletânea *Póstumos* chegou pela Companhia das Letras faziam-se cento e vinte um anos do nascimento de Jorge Luis Borges. Mesmo após tantas décadas, a literatura esquisita do argentino vem causando furor. Borges não publicava coletâneas: publicava jogos a serem decifrados. O conto que quero analisar neste pequeno ensaio é um jogo tipicamente borgeano.

Herbert Quain e *O Autodidata* têm muitas semelhanças e, ambos podem ser um exímio exercício neural. Os contos tratam-se da análise da obra de um escritor que pode ou não ser um simulacro do próprio Borges, isso faz com que a metafísica e a metalinguagem sejam o canvas dos dois textos. O grande tópico das discussões em torno do conto póstumo é se *Herbert Quain* e *O Autodidata* seriam irmãos diferentes, sendo cada um com suas singularidades ou, gêmeos olhando de frente um para o outro, como dois espelhos que se encarassem.

No conto originalmente publicado em *Ficções,* Borges analisa características específicas (e tipicamente borgeanas) na obra de Quain: como o singular *God of the Labyrinth* e o controverso *Statements,* um romance do autor de *O Autodidata*[3] é similar a *April March.* Uma análise ensaísta preenche o quesito técnica:

---

[3] O mesmo romance também dialoga com a obra labiríntica de T'sui Pên, personagem do conto *O jardim de veredas que se bifurcam.*

> Examinar a obra refratária de Chamorro exime-nos de comentários efêmeros sobre cada um dos aspectos. Os tantos livros que refletem entre si exigem tardes de chuva e certo encantamento, se não a obra do brasileiro não se fará entendida.

Borges repetia suas imagens e conceitos ao longo de seus textos, no ensaio sobre a obra chamorriana encontramos certos detalhes que remetem ao próprio escritor e sua estilística, o efeito *Quain* já enxergava-se aqui:

> (...) Foi o que ocorreu-me naquele 1924 o máximo que extraí de minha primeira leitura foram as presenças nada sutis de Schopenhauer e Goethe e certo uso de metalinguagem e espelhamentos, assunto que fui-me acostumar nos decênios seguintes.

Em uma entrevista de 1994[4] (nascimento de Chamorro), Bioy Casares recusou palavra a respeito do conto perdido, sendo "péssimo; Borges optou por Quain e fora uma feliz escolha" a única afirmação que obtemos de um dos destinatários das três primeiras impressões de *O autodidata.*

Mas afinal, estaria Casares certo? Bem, depois de inúmeras leituras, cheguei a conclusão de que possivelmente este texto seria descartado no futuro; senão drasticamente modificado. Insisto em minha teoria de que este texto seja um rascunho a *Quain* por conta da economia estética que este tem em relação a *Autodidata,* sem resvalar na grande presença biográfica no texto contido em *Ficções.* O texto de catorze parágrafos se divide em dois momentos: o preâmbulo onde Borges nos conta como chegou a seu conhecimento a obra de Chamorro e a análise desta propriamente dita.

---

[4] *o mistério e Bioy Casares, uma entrevista. Póstumos*, Jorge Luis Borges, Companhia das Letras (2020)

Borges abre seu conto da seguinte maneira:

> Por volta de 1921, achei um envelope suspeito na algibeira de meu capote; eu e alguns espanhóis saímos do Café de Los Artistas após um fim de tarde modorrento de recitais ultraístas, quando intentei de aquecer a mão no bolso. O envelope nada tinha de especial e, se houvesse remetente e endereço, não seria um envelope suspeito. Abrigava um retângulo de papel com as direções para um livro específico que encontraria na Biblioteca Nacional. De início (e jovem de anseios que era) zombei do remetente e confesso que concluí que aquilo poderia ser coisa de algum pândego.

Um bom conhecedor do criador e criação terá a atenção fisgada por certos detalhes contidos no parágrafo primeiro. Se esse texto, que infelizmente não fora datado, possivelmente fora redigido nos tempos em que Borges preparava *O jardim de veredas que se bifurcam (1944),* então não seríamos errados de imaginar que o passado em Genebra, Espanha e uma Buenos Aires de literatura emergente passou pela psique do argentino em algum momento na redação destes textos. Em 1921, Borges entusiasmava-se com o movimento *ultraísta* nos tempos que vivera na Espanha junto da família. Seu escritor inventado sofre do mesmo fenômeno. A prosa ensaística aponta que o primeiro romance publicado de Chamorro tem sua narrativa sob o tema de uma peste, não obstante, não haveria como não fazer comentários políticos. Todavia, sua obra fora tornando-se cada vez mais apolítica, assim como a obra de Borges: *O fervor de Buenos Aires* de Chamorro é seu primeiro romance.

Alguns críticos afirmaram que o conto teria sido enfim redigido na década de 50. O argumento seria por conta da presença de ideias desenvolvidas em *Kafka e seus precursores.* De fato, Borges seria facilmente um precursor de Andreas Chamorro; mas fingindo que o brasileiro de fato exista, a tese é refutada: Chamorro existindo ou não, o borgeano ainda seria borgeano, independentemente. A única forma de Borges entrar na literatura produzida por seu escritor fictício seria através de uma herança literária. Chamorro é nada mais que um simulacro de Borges, se fosse homem de carne e osso, seria, pois, um autor com idiossincrasia própria.

Os mesmos críticos aproximam *O Autodidata* mais de *Pierre Menard* do que de *Herbert Quain*, por conta do fantástico presente no texto:

> (...) caminhei até a Biblioteca Nacional e conferi a estante que o velho papel indicava. Foi nessa tarde específica que entrei em contato com a obra chamorriana. Os tomos tomavam quarenta centímetros de uma prateleira; por mais ansioso que estivesse para ler aquele mistério, não pude levar mais que os três primeiros tomos. Atrás da folha de guarda do que parecia ter sido seu livro de estreia (uma coletânea de contos) tinha uma carta escrita a punho pelo autor. Li tudo em dois dias, começando pela carta. Esta começava congratulando-me; no decorrer da leitura percebi-me conhecido de Chamorro: nas primeiras linhas afirmou que fui um autor bem sucedido, nos parágrafos seguintes redigiu duas afirmações: a primeira, que minha curiosidade pelo futuro aguçaria-se na leitura epistolar, como um impulso causado pelas reflexões da leitura; a segunda, que eu havia lido Enoch Soames, portanto não revelaria nada a respeito de minha carreira, que tanto eu quanto o brasileiro sabíamos o perigo de tal hábito.

No parágrafo seguinte lemos:

> A redação acaba-se em um aviso: "... recomendo o senhor ler minha obra, no último livro encontrará um carta igual, porém, com o acréscimo da síntese de tudo o que

> apresentei...". Passei por um momento de epifania quando terminei a leitura da carta; afinal eu recebera uma correspondência de onde ainda não se existe.

O fantástico se dá no fato de Borges e Chamorro se corresponderem mesmo que este último esteja no futuro. Ao citar *Enoch Soames*, Borges nos deixa uma pista: o conto do britânico Max Beerbohm narra o pacto que Soames, um poeta, faz com o diabo; o homem vende sua alma em troca de uma viagem ao futuro, pois anseia em saber sua reputação literária. Chamorro avisa Borges que não falará nada de sua carreira, pois segundo o conto de Beerbohm, o fim poderia ser terrível ao se saber de tais informações; oras, Borges teria ganhado o Nobel se soubesse que no futuro não o ganhou? Podemos observar vários caminhos com esta pista borgeana.

Primeiro a intertextualidade do personagem Soames e o futuro literário de Borges - seria bem possível de este indagar tal futuro se realmente escreveu *O Autodidata* na mesma leva que *A biblioteca de Babel* -; segundo: a presença fáustica que dialoga com um dos romances de Chamorro, *Cosmo de Otávio*; terceiro: o espelhamento para com *O Autodidata* em si, afinal o primeiro texto chamorriano que Borges pusera os olhos fora justamente um conto de mesmo título, um em que Borges analisa a obra do escritor fictício. Beerbohm também está presente em seu próprio conto, também acaba interferindo diretamente no destino de seu pactário por metafísica e metalinguagem num só corpo e persona. A subversão chamorriana é temporal e literária, temos elementos fantásticos aqui: "*compreendi que uma das subversões que o escritor inaugurava era seu interesse pelo futuro, não o interessava o passado a não ser seu registro.*" As obras de literatura tratam o futuro de uma maneira diferente da de Chamorro; o que mais se aproximaria seriam as utopias e distopias, principalmente quando tendem a querer fazer previsões. Contudo, Chamorro não fizera uma predição para seus tempos, mas para si mesmo. Para *seu* tempo.

Pero el hombre es un ingenio lego! (2020)

Segundo Borges, o brasileiro estreia na ficção com uma coletânea de contos. A data de sua publicação nos traz uma coincidência pavorosa: é a mesma da coletânea *Póstumos* contendo *O Autodidata* em tradução brasileira.

As últimas linhas de *Exame da obra de Herbert Quain* nos dizem o seguinte:

> Do terceiro, *The Rose of Yesterday*, eu cometi a ingenuidade de extrair "As ruínas circulares", que é uma das narrativas do livro *O jardim de veredas que se bifurcam*.[5]

O jardim de veredas que se bifurcam é justamente o título da primeira parte de *Ficções*; *As ruínas circulares*, o terceiro conto da coletânea. Na descrição de *Pero el hombre es un ingenio lego!* presente no *O Autodidata* temos o seguinte:

> A coletânea contém treze textos e uma intertextualidade presente em sua maioria. Destaco os contos *O autodidata e Divindades Solitárias*. O primeiro sendo o mais interessante: trata-se de um conto de metalinguagem onde Chamorro pretende se apresentar aos leitores, usando de meu nome (dizendo sem dizer: aquele que lê Shakespeare assiduamente *é* Shakespeare) diz que eu o inventei e o analisei num ensaio fictício póstumo.

A metalinguagem anterior fora feita no conto que examina a obra chamorriana. A pista shakespeariana remete a uma passagem de *Tlön, Uqbar, Orbis Tertius,* onde Borges elucida numa nota de rodapé que uma igreja de Tlön sustenta a tese de a dor que todos os homens sentem, na verdade, é a mesma. Um homem é todos os homens, na dor, no coito, no som, numa mesma realidade.

[5] *Ficções* (1944), Companhia das Letras, pg. 68

O título do primeiro livro de Chamorro nos leva a outro conto em *Ficções*. Como Perrone-Moisés afirmou: "A listagem das obras de Chamorro e a alusão a Cervantes aproxima o conto póstumo de *Pierre Menard*." De fato, a lista de obras são parecidas e *ingenio lego*, que em tradução livre seria "gênio ignorante", era como designavam o autor de Quixote, vista desconfiança para com sua intelectualidade. Definição essa presente no corpo do texto de *Pierre Menard*. Sobre o título, Borges escreve:

> (...) título de tripla referência: alude a Cervantes, à sua ascendência espanhola e a seu principal conceito filosófico: o Homem Autodidata, que desenvolveu nas décadas seguintes.

Borges fora um autor que não tivera formação acadêmica, mas mesmo assim chegou a dar conferências em grandes universidades e ser diretor da Biblioteca Nacional: "*O título sugestivo elucida o próprio Andreas Chamorro, já que enveredara pelo autodidatismo para escrever esses livros*." É uma imagem jovial e do escritor prematuro a que Borges quer nos passar com Chamorro; a Espanha, presente no primeiro parágrafo, nas memórias juvenis do argentino, na origem e no sobrenome do escritor fictício, ressalta, a presença dos anos dourados do jovem Borges apaixonado.

...

Concluo essa exposição dizendo que é um tanto quanto inútil tentar descobrir a época exata da redação do conto, seria mais plausível afirmarmos que sim, temos um texto borgeano e um jogo novo para desvendarmos. *O Autodidata* traz o retrato de um brasileiro assim como Azevedo Bandeira em *O Morto,* porém Borges constrói um egomaníaco escritor literariamente fantástico. Deveríamos admitir que, numa comunidade nada homogênea como a nossa comunidade literária, seria difícil de um Andreas Chamorro se sobressair? A pergunta também é: um escritor como o inventado pelo argentino (europeizado, nada nacionalista, propositalmente hermético) mereceria nosso empoeirado cânone?

DIVINDADES SOLITÁRIAS

Numa das múltiplas e infinitesimais dimensões que compõem o Imaginário morava um panteão pitoresco de deuses. Desde o primórdio de sua criação, a vintena de divindades não criaram estirpe nem avatares; não conheciam o conceito de família, há muito abolido no cosmos em que boiavam. Seu mundo etéreo era composto por rios que contestavam o plano cartesiano, visto sua capacidade de locomoção. Galdum, o deus afogado, morreu não porque pisou no rio devido a algum tombo; o rio foi que tropeçou nele e o engoliu. Das águas de um desses rios, um que se bifurcava em novas nascentes a cada nove dias, o deus Kirastes criou a imaginação; o fato se deu num período de calmaria, onde o regato dormia e a superfície de sua água transmutou-se em espelho (essas superfícies que refletem não se dão bem com agitação). Foi a primeira vez que Kirastes viu sua própria imagem.

Aquele panteão era composto de deuses solitários que nunca viram um ao outro; viviam como se estivessem sós. Foi assim que a divindade experimentou duas epifanias: Kirastes percebeu que, de alguma forma, um deus como ele podia multiplicar-se, e, em seguida, logo que o rio acordou e a torrente reiniciou, criou a imaginação, pois era exatamente dessa maneira que iria acontecer aos homens que criaria no futuro: aqueles que usassem da imaginação teriam de largar da contemplação para criar sob catarse.

Muitos anos depois de seu descobrimento, Kirastes ouviu falar de deuses que criaram homens. Depois de semanas de inveja da mais pura, decidiu usar a imaginação e assim teve dois filhos. Gêmeos não idênticos, já que nenhuma criação é perfeita; se aperfeiçoam sozinhas. Nomeou-os Tarron e Russal, e logo em seus primeiros dias de vida o pai solicitou-lhes a criação de homens que povoassem uma terra distante. Nos tempos maduros os gêmeos descobriram que Kirastes usara da imaginação para inventar um objeto de distração a seus bilhões de netos: chamava-se livro, geralmente uma brochura contendo símbolos que ajudavam os homens a terem imaginação. Tarron desconfiou:

— Não vejo vantagens nessa criação; o tempo gasto pelos homens na leitura de centenas de laudas poderia ser usado para melhorar suas vidas, na construção de moradias e aperfeiçoamento de suas sobrevivências.

Seu irmão não respondeu; aliás, Russal quase não falava, era o gêmeo introvertido, que havia herdado parte da imaginação filosófica do pai. Demorou mais de dois milênios para Russal achar uma opinião a respeito dos livros. A essa altura, os homens já se dividiam em dois: os que liam e os que não liam. Kirastes, atentando-se às consequências de sua criação, denominou um irmão para os leitores e um irmão para os não-leitores. Em uma tarde, reclamou aos rios:

— São orações e perguntas demais!

— Como assim, meu pai? – indagou Tarron, enquanto corria atrás de um rio fujão.

— Eu dei-lhes livros, mas só recebo perguntas: "Por que os adolescentes são assim?", "Por que água apaga o fogo?", "Por que a humanidade não aprende?", "Por que sempre temos guerras?", "Por que ele agiu assim comigo?"

Russal, que ouvia a reclamação enquanto fitava o regato, finalmente falou:

— Estou certo de que essas perguntas vêm dos homens cuidados por Tarron.

O irmão largou a brincadeira com o rio, e, colérico, se aproximou:

— Está dizendo que não faço bem o meu trabalho? Eles são exatamente como minha imagem e semelhança! Não são como seus homens, que somente fumam em poltronas.

— Os seus – desafiou Russal – perdem-se tanto no trabalho dos braços que não obtêm respostas. Os meus homens sabem-se homens pois conhecem o interior de outros homens ao ler sobre eles. Garanto que aqueles que leem avidamente acabam descobrindo que todo adolescente é inconsequente, portanto não precisam perguntar a nosso pai o porquê.

Alguns milhares de anos depois dessa querela, que separou os irmãos para sempre e os fez vagar até hoje sozinhos pelo éter—já nem se recordam um do outro —, os leitores haviam vencido, e a consequência foi máxima: Kirastes viu o fim de sua criatura, a imaginação. Os homens descobriram quão cíclica ela é, como se houvessem arrancado sua máscara e percebido que a criação nunca fora original e, sim, apenas uma subversão: quando todos os homens passaram a ler, não precisaram mais de deuses.

Foi assim que Kirastes arrependeu-se de ter usado a imaginação para criar homens, pois eles o esqueceram. O restante de eternidade que Kirastes teve para ser divindade gastou vagando sozinho e olhando seu reflexo de tanto em tanto na superfície de um rio dorminhoco.

O LEME DA LEITURA

O mestre escolhe o discípulo, mas o livro não escolhe seus leitores, (...)
Do culto dos livros

O que denuncio em nossa cultura é a monstruosa hipertrofia de algumas possibilidades humanas (a razão, por exemplo) em detrimento de outras, menos definíveis por estarem situadas justamente à margem da órbita racional.
Julio Cortázar, de uma carta a Graciela de Sola, 7 de janeiro de 1964

Na Bienal do ano de 2023, um *booktuber*, cujo nome não me foi dito, tropeçou no pé de uma mesa que exibia uma centena de livros: três dezenas ali eram livros escrito por youtubers, uma dezena de auto-ajuda, duas de biografias não autorizadas, e cinco de literatura herdada dos anos das memórias. Alessandra, fidedigna da descrição anterior, sentada em um banco próximo do ocorrido, lia um ensaio de Sílvio Romero. Seu olhar fixou-se imediatamente no adolescente caído, ela me disse. Por empatia, curiosidade ou um ímpeto altruísta, acabou ajudando o *booktuber* a se levantar; foi neste exato momento que o cotovelo deste, num movimento mal calculado, esbarrou num box da *História da Literatura Ocidental* de Carpeaux. Os volumes em cores sortidas se espalharam pelo carpete. Alessandra também ajudou o desastrado a juntar os livros; disse-me que a vendedora dardejou o *booktuber* com um olhar tão inflamado que jurava que poderia ler os xingamentos em sua tez. Assim que Alessandra pegou o quinto volume do chão, um bilhete em papel pautado escorregou em suas mãos. Exibia a seguinte informação: No stand da Cia das Letras, dentro do sexto exemplar de *Mutações da literatura no século XXI* de Leyla Perrone-Moisés encontrará um manuscrito.

Quando Alessandra me contou esta anedota, na tarde de 23 de abril deste ano, eu a acusei de estar zombando; afirmei o teor borgeano de sua aventura e, sinceramente, acabei não acreditando. Contudo, Alessandra sacou o manuscrito da pasta.

Transcrevo-o literalmente:

Quero contar como salvei a leitura em meu país, mas, primeiro devo apresentar a vocês a grande figura de Araripe, meu melhor amigo. Sem ele não teria chegado ao cume da lucidez literária.

Conheci Araripe por volta de 2008, quando fui a primeira vez no Theatro. Esta instituição fundada em 4 de fevereiro de 2005 chamava a atenção a cada dia; o motivo era compreensível: toda semana, atores de diversas idades subiam ao palco e apresentavam curtos solilóquios. A despeito da exposição, eram confiantes desde o início. Ademais, a plateia jamais era vista; do palco, os atores apenas veriam espectros nas poltronas, como se estivessem a falar para o vazio. No fim de cada uma das apresentações, os espectadores, se vontade fosse, poderiam escrever alguns comentários em pequenos cartões e jogar em direção ao palco, dessa forma, os atores confirmariam a qualidade ou não de suas apresentações. Quando me interessei pela apresentação de Araripe, os atores ainda eram pobres solitários que usavam da oportunidade para se comunicar de alguma maneira, os que mais lotavam o Theatro eram os comediantes - ainda hoje se escuta falar de Felipe Neto, dizem as más línguas que ele se tornara uma pessoa poderosa -, e foi precisamente por este motivo que me interessei por Araripe, ele falava sobre livros em seus solilóquios.

No início, talvez pela timidez, Araripe era efêmero, mostrava três ou quatro livros que havia lido e comentava brevemente. Nos dois anos que se seguiram, o interesse por suas ponderações aumentou drasticamente. Araripe ainda não conseguia lotar o Theatro mas, para alguém que falava de literatura, o número denotava algo que estava para acontecer. Algumas décadas antes do Theatro ser inaugurado, este tipo de público (como eu e aquelas centenas de pessoas) consumiam as falas dos conhecidos críticos literários; como as apresentações do Theatro cresciam, tal público tratou de ir atrás daqueles que falavam sobre livros. Os ponteiros acertaram em cheio, e graças à essa procura, Araripe se tornou o leme da leitura.

Em junho de 2012, Araripe se viu em uma primeira rusga. Nesses tempos, os atores já não eram os mesmos: o Theatro agora os compensava financeiramente, pois, nos interlúdios, alguns representantes comerciais apresentavam propagandas. Os atores já não eram mais denominados dessa maneira, agora chamávamos-os de entusiastas. Todos os dias, era possível assistir a um solilóquio sob praticamente qualquer signo: maquiagem, cabelos, fofocas, brigas, quedas, notícias, gatos, rios, ponto-morto, colinas, piscinas, manufaturas, artesanatos, culinária vegana, culinária para bonecas, cópias de outras culinárias, galáxias, teoria da relatividade, mentiras, musicalidade, qualidade de timbre, histórias de terror, filosofia, experimentos, acidentes de automóveis, bebidas alcóolicas, saúde, tarô, neófitos em milhares de crenças, até mesmo aulas de como ser um bom entusiasta. A grande maioria desses "novos famosos" recebiam produtos para que pudessem exibir no momento do palco – geralmente o público ia atrás do produto divulgado. Neste ano também, algumas editoras começaram a enviar livros para Araripe, na esperança de que este fizesse um comentário animado a respeito da obra. Naquele mês, porém, nosso amigo fizera um comentário negativo a respeito de uma tradução. O público rachara ao meio: uns depreciavam a atitude, outros (eu incluso) acabaram se admirando de Araripe por conta de sua sinceridade.

Então veio o momento em que os discípulos de Araripe surgiram. Nos cinco anos seguintes, centenas de entusiastas literários foram nascendo, e o público cada vez mais se distanciava dos livros de qualidade. Araripe sempre enxergara a literatura como a enologia, ora, aquele que estava acostumado com um vinho chileno ou francês, não perderia tempo experimentando um vinho de mesa; ele compartilhara a tal analogia comigo numa conversa que tivemos na biblioteca, afirmou ter lido num conto perdido de Borges. Eu mesmo prefiro a analogia do jogo: aquele que lê boa literatura é como um jogador de xadrez, ele até sabe que existe a dama mas por quê jogaria? Sabendo da facilidade do processo.

Araripe se tornou um lobo solitário, por mais que sua platéia continuava das maiores, os outros entusiastas não gostavam: reclamavam de livros cujos parágrafos duravam dez páginas, em seus solilóquios, objetificavam o livro, não seguiam uma coesão na hora de escolher suas leituras, apenas liam e guardavam de volta à estante, a releitura era rara. Comportamentos esses que se resolveriam com uma leitura de Schoupenhauer ou Calvino.

Minha primeira conversa com Araripe se deu em 2016, num café. Eu me apresentei e revelei que escrevia, Araripe desabafou algumas angústias a cerca do entusiasmo literário: "Eu percebi que a coisa era séria quando passei numa livraria e Ulisses estava sendo exibido na vitrine. Eu havia comentado essa obra no Theatro algumas semanas antes. Foi nesse dia que percebi minha responsabilidade, as pessoas procuravam o que eu recomendava." Aproveitei o ensejo e também confessei que meu intuito como escritor era combater os neo-entusiastas, principalmente aqueles insossos e os que se vendiam. Contei-lhe a história de um entusiasta que acabara sendo publicado por conta da fama; a obra, escrita por um ghostwriter.

No fim do dia, enquanto flanávamos em um parque, eu e Araripe decidimos fazer um pacto. De minha parte, escreveria romances e ensaios à guisa de tentar salvar a leitura de qualidade, enquanto Araripe usaria de sua influência para criar um movimento literário divulgando estes meus escritos. De fato, nos anos seguintes conseguimos muita coisa. Nos aproximávamos do centenário da Semana de Arte Moderna, portanto, seria entendível uma réplica daqueles que não concordavam com a banalização da literatura (uma vez, um crítico literário publicou um artigo em *A Estilha*, tentando abrir um debate saudável sobre o assunto "entusiastas"; foi recebido com críticas escatológicas sem nenhum tipo de argumento). Surgiu então o retroatavismo, movimento iniciado por mim cujas características se davam pelo prezar da estética, a abordagem de temas contemporâneos usando de técnicas (atavismo) que aprendemos com a leitura de nossos precursores, a redação de obras cuja releitura seria estritamente necessária, dentre outras. Ricardo Hiago, autor de um romance satírico disse uma vez: "Estamos produzindo estas obras para que os grandes escritores do século XXI apareçam. Desde os anos de chumbo ouvimos o boato de que a cultura no Brasil explodiria e, até agora, não vimos nada. Onde estará o Guimarães Rosa deste século? Aposto que está entre os retroatavistas."

Conseguimos alguma coisa e, associo tal eficiência ao movimento contrário que fizemos. Antes do retroatavismo surgir, a literatura nacional de mais interesse deveria estar de, um modo ou outro, engajada, o mais certo era que nós também escrevêssemos com teor político (vide o ultraísmo da década de 20, na Argentina), isso até aconteceu, afinal, a partir do momento em que falaríamos do contemporâneo através do jeito dos antigos (que nem era tão antigo, qualquer fluxo de consciência em minha década não seria novidade), não escaparíamos dos problemas políticos, todavia, envernizamos tais motes com literatura de qualidade, por vezes complexa, por vezes poética, por vezes hermética. Desta forma, conquistamos os leitores engajados que somente dependiam dos palatáveis e mastigados romances contemporâneos escritos por entusiastas e, fizemos com que seus pensamentos transformassem-se em pensamentos críticos; no ofício da escrita também obtivemos sucesso: as réplicas. Quando Ulisses fora publicado, tivemos uma réplica impressionante: Mrs. Dalloway. O fenômeno se repetiu graças aos escritores do retroatavismo; os mais herméticos entre nós tiveram réplicas vindas de escritores do lado oposto, mas que também estavam escrevendo de maneira belíssima.

Agora, refletindo sobre estas minhas reminiscências, me veio à mente o fato de que sem a ajuda de Araripe, eu e os retroatavistas nada teríamos conseguido. Os tempos modernos haviam arrancado o crítico literário do leme da leitura, substituindo-o pelo entusiasta literário; isso aumentou o burburinho, a comunidade literária não seguia uma mesma voz. Somente quando Araripe se conscientizou de seu poder foi que conseguiu girar o leme numa direção que fomentasse o pensamento crítico, despertando a intelectualidade necessária no país cuja leitura era a última das atividades.

O QUADRO EM BRANCO

A primeira vez que Euclides se deparou com a pergunta "E quem é você?" fora numa chácara em Salto Grande, quando uma tia brega e oxigenada o conheceu. Na ocasião, contava cinco anos; a mãe, Joana, não havia contado de sua gravidez, portanto foi uma grande surpresa a resposta de Euclides.

— Sou filho da minha mãe.

— Mãe? E quem é sua mãe? Claudia, este é seu filho?

— É seu sobrinho, Tuca.

Desde então, Euclides carregou esse dia consigo. Dois anos mais tarde, em uma manhã, afirmou para sua mãe:

— Mãe, eu sou a mulher-gato.

Joana não soube o que dizer. Talvez se o pai de Euclides não os houvesse abandonado, ela o repreenderia e o convenceria de que ele deveria ser o homem-gato, senão o papai não iria gostar. Porém, moravam no apartamento Joana, Euclides e o silêncio, e a mãe acabou por entrar na brincadeira.

— Ah, então você precisa treinar para matar os bandidos.

— Mãe, e se um dia eu for o bandido? Eu vou ter que matar a mulher-gato.

— Você não vai ser bandido, filho.

Antes de Joana terminar o almoço, Euclides desapareceu para o quarto. Apareceu na sala de estar usando as botas de couro da mãe, uma máscara do Batman e pregadores nos dedos. Joana encostou no umbral e observou o filho por alguns instantes: Euclides pulava de um sofá a outro. Imaginava que fossem prédios, então ia ao chão e engatinhava lambendo o dorso das mãos. Quando se cansou, o garoto se despiu da fantasia e tratou de encenar o bandido. Colocou sete ou oito bonecos ao seu redor e iniciou uma reunião para a elaboração de um plano contra a mulher-gato.

Pelos próximos quarenta anos, Euclides adotaria quarenta nomes diferentes; para cada um deles uma personalidade, um vestuário, uma profissão, um timbre de voz e uma vida.

Aos dez anos resolveu raspar a cabeça e só usar roupas brancas; Joana, sem saber lidar com as vontades esquisitas do filho, tentou remediar dizendo que não tinha dinheiro para um guarda-roupa que contivesse somente roupas brancas. O garoto não hesitou: fugiu da perua escolar no momento da saída da escola, dirigiu-se até um brechó e performando a criança desamparada em situação de rua conquistou uma doação de roupas brancas. Durante um mês fora Hélio, um menino que havia passado por um campo de concentração como Euclides havia visto em um filme. Quando uma professora, usando de um tom jocoso, questionou o porquê da roupa branca e não listrada, Hélio respondeu que, na verdade, era um fugitivo do campo vestido de médico, um fugitivo que se versara em medicina para ajudar as pessoas que tanto vira sofrer.

Na puberdade, Euclides, após ter sido Hélio, o judeu, Danilo, o skatista e Mário, o encanador, entendeu o que haveria de ser: um quadro em branco. No ano em que completou treze primaveras, o garoto começou a ter aulas de reforço. A professora, amiga de vizinhança da mãe, tinha uma lousa branca, objeto até então novo para Euclides. Quando a viu apagando um cálculo químico e escrevendo uma fórmula diferente, Euclides decidiu ser todos os rabiscos possíveis num quadro até o fim da tinta da vida.

Trabalhou exaustivamente na composição de cinquenta personas pelos cinco anos seguintes. O plano era este: a partir de sua maioridade, Euclides seria uma pessoa diferente a cada ano; assim que completasse sessenta e oito anos suicidar-se-ia com um belo sorriso no rosto, pois já teria vivido cinquenta extraordinárias existências.

E foi o que quase aconteceu.

— Mãe, lembra um dia quando fomos na chácara do vô Augusto, e a tia Tuca disse: "E quem é você?" e a senhora respondeu: "É seu sobrinho."

— Acho que lembro, por quê?

— Ninguém mais dirá "esse é isso", "esse é aquilo".

Fugiu de casa no dia seguinte e adotou o nome Pedro, o morador de rua. Pedro, um jovem órfão e desamparado, vindo do nordeste do país, viveu um ano inteiro para apreender a experiência da rua: dormiu em albergues, quase foi envenenado, roubou mercearias, andou bêbado por pontes, teve dois relacionamentos, ambos com mulheres em situação semelhante.

No janeiro seguinte, Pedro se tornou Tomás, caixa de supermercado, morador de um quarto, cristão e casto; por um ano inteiro foi celibatário e gastou seus períodos ociosos aprendendo a língua inglesa. Tomás então passou a ser Carlos, um professor de inglês mulherengo, que passou a ser Lúcio, um recepcionista de hotel homossexual, ateu e monogâmico.

Pelos anos seguintes, Euclides foi budista, candomblecista, protestante, agnóstico, de fé mista; garoto de programa, vendedor de sapatos, de roupas, de cafezinhos, de tecidos; foi escritor, filósofo mais pro fim da vida (criou um conceito chamado o Homem Metamorfo), traficante de drogas, cozinheiro, manicure; homossexual, bissexual, assexual; foi vegetariano, então passou um ano, quando se chamava Bernardo, comendo somente proteína; brigou e foi vítima, roubou e foi roubado, contraiu sífilis e se curou; quando Fernando, o revisor, viveu num quarto escuro; quando Simão, o barman, foi bancado pelo dono da boate que o contratara, e assim por diante.

A quadragésima persona foi Túlio, o policial. Sem muito esforço Túlio passou na prova para se tornar Policial Militar e facilmente convenceu seus colegas de que havia vivido muito, portanto, conhecia bem o caminho para vencer a guerra. Só que Euclides não intentaria ser um policial incomum; a graça seria ser corrupto e mancomunado com seus inimigos. Nessa persona, especificamente, Euclides determinara que faria uso de cocaína, pensando que em um ano, caso se viciasse, livrar-se-ia fácil do consumo, visto quea próxima vida seria a de um pastor redimido de seus pecados. Contudo, Túlio teve uma overdose em seu oitavo mês como soldado. Faleceu às oito e trinta e três da noite num hospital público. Quando dois de seus colegas notaram que Túlio usava um nome falso, desconfiaram. Cogitaram que o homem era um infiltrado na equipe, o que faria muito sentido, já que o soldado afirmara que conhecia muito bem a vivência de um traficante.

Os policiais foram até o apartamento de Túlio e se depararam com uma maleta repleta de anotações, documentos e fotografias onde "Túlio" aparecia vestido e posando de diversas maneiras. Encontraram inclusive, o cronograma de cinquenta personas desenvolvido em sua adolescência.

Ricardo Araújo e Mateus Fiorezim, anos mais tarde, escreveram em conjunto a biografia do homem. Encontrei os dois volumes num sebo pequeno que vasculhei uma vez. Como fará sessenta e oito anos do nascimento de Euclides, decidi por registrar sua existência fantástica. Fiquei decepcionado ao saber que ele não teve tempo de ser o psicanalista Píglio, a última de suas personas. No cronograma, que podemos ver na íntegra no primeiro volume, esboçara que Píglio redigiria uma teoria da personalidade para ser publicada postumamente.

São Paulo, 2020

SOB A PALMA DE ADICIA, TERRA-BRASIL

Já era a terceira vez na semana que o homem teve de tomar um ônibus para levar a filha até o pronto-socorro. Na segunda-feira, uma convulsão surpresa, na terça surpreenderam as enfermeiras com a mesma situação — não internaram; na sexta-feira o pai e a mãe já tinham a amizade das funcionárias. Os infaustos dias foram um calvário genuíno: carregá-la era o primeiro obstáculo, a menina sempre fora pesada e pernuda, desmaiada daquele jeito então; a mãe com as sacolas ao lado, sulcos avermelhados apareceram em sua pele agoniada pela alça; o peso de terem decidido enfrentar essa batalha há doze anos. Clarissa teve a oportunidade, tá ligado, a família dela eu enrolava depois, mas ela quis ter o baguio, porque a pastora disse que ela não tinha escolha e pá; era escolha de Deus, tá ligado? E que Deus é esse que lhes dá perdição disfarçada de missão? E adianta falar, mano? Clarissa diz que aceitou o fardo, que foi escolhida para isso; mete o louco, Fabinha, Clarissa só sabe meter o louco, E a menina é a que mais sofre com isso, Olha, nunca falamos disso, hein?, Nunca, Jon, nunca. Nunca mais passo por isso [...logo que as portas se abriram, um vento frio e perigoso deitou-se sobre Clara. O pai a cobriu com o braço robusto. Duas mulheres de meia idade que compartilhavam causos com o motorista olharam, comentaram, olharam novamente, comentaram novamente. Não importaram-se em momento algum se os pais estavam incomodados ou não com a livre crítica. Por mais costume que seja ainda é incômodo sob a ótica racional. O corredor está apinhado de mais olhares; imãs sociais em Clara atraem todas as pupilas e pensamentos: *Mas tadinha, deve ter o que, vinte anos?; Olha o cara, mano, carregando a filha sem se segurar, pai é o bichão mesmo; O povo nem ajuda o coitado; O gene veio dele ou dela, acho que dela, olha a cara de ter amante, só tendo amante para embuchar de mongos; Cara, que menina feia; Tenho que dar graças à Deus; Um borí ajudava a coitadinha.* Jon ouvia àqueles olhos...] O pai e a mãe caminhavam numa alta noite de 20 de março em direção ao lar, uma casa de arquitetura ordinária, carente de alguns retoques e rebocos, também de móveis novos. Infelizmente, carecia de felicidade também, visto os três moradores quererem a atenção num mesmo tempo. Jon, o homem robusto, de barba baça e castanha, peito largo, braços robustos — usava-os para carregar uma boneca comprida, de articulações já limitadas, sapatinhos azuis e um pano úmido na boca. Clara lembrava muito Clarisse. A mãe franzina de pele cor de areia que andava de braços cruzados ao lado, calada e desatenta. O pobre homem não conseguiria elencar o pior dos incômodos naquele instante: se seria o peso de Clara em seus braços ou o peso do bico de Clarisse enquanto ela andava ombro a ombro com ele. No fundo de sua alma uma atitude já havia brotado há muitos meses, apenas como um insight desavisado, um truque de nossa velha consciência, que nos relembra do que vivemos na infância, involuntariamente, no momento em que comíamos almôndegas. Todavia, o impulso apenas crescera nesse tempo dentro de nosso amigo. Era um segredo que guardava de si mesmo, todos nós temos um pensamento, vontade ou impulso secreto, por que Jon não teria? O que temos à nossa frente é um homem que já gastara todas as flechas; o arco? Jogado no córrego. Fora pedreiro, assistente técnico, *officeboy*, fiscal num ponto de tráfico e até já fez sexo com mulheres mais velhas por algo necessário. Contudo, com a chegada de Clara o peso fora tanto que Jon não pode mais exercer algum trabalho formal, com documentação, direitos, ser visto, por mais que seja na sombra, pelo Estado. Somente sobrava-lhe bicos. Terrível termo, que reitera o pouco que se ganha para o muito que precisa. Durante o caminho Jon pensava em todas as variáveis à procura de uma solução, durante o banho pensaria também, e repetiria na manhã seguinte como há doze anos faz. Bem se o governo não está nem aí para a vida do pai de deficiente então estou certo de ter pedido para Clarissa abortar só que deus está me mandando um castigo tendeu Mano pode pá cê tá merecendo isso Jonathan por isso deus mantém tá ligado a família longe minha mãe num quer falar comigo mais não mano na moral eu mereço tá ligado eu tenho que sofrer porque ninguém mandou comer a novinha achei que iria ter uma filha pá bonitona pique a de Marquinhos já viu a filha de Marquim meu parça diz aí Zé é Zé que tá me fodendo irmão cê tá ligado que quando nós mexe com essas parada eles cobra memo não conhece não conhece o pai Tote é lá que eu vou seu Zé disse que iria de me cuidar mano eu bebo porque cê tá ligado como é difícil a vida num é parça minha mina tá em casa cê tá ligado ficou com a pivete tem doze anos tem uma cota meu mano conheci a mulher com dezoito cê tá ligado como é as fita dos moleque nessas idade eu ia muito pra baile e num baile ali da quinze vi a Clarissa nome dela é Clarissa por isso minha pequena chama Clara nós estudamos no mesmo colégio claro meu mano manda descer mais que eu pago porra tô sem telefone aqui tá ligado porque venho para curtir meu mano tá ligado pô meu cê me desculpa de tá tirando as coisa do coração aqui contigo viu meu parça quem me apresentou ela foi Juninho lá no baile da quinze da quinze aqui pra trás perto da adega Juninho era amigo dela pá jogou no meu bigode aí fomos pra treta e deu Clarinha cê é louco pequeno a mãe dela faltou me chama pras ideia a fita é que a criança é linda véi já já cê sabe meu mano que o nascido na quebrada tem que tirar água de pedra e pá foi há uns ano numa tarde e pá dava carona pro um parça do trampo tá ligado e quando eu tava esperando no carro ele descarregar as compra as mistura pra se despedir o home encostou acharam umas buchas pode crê perfeitinha mano minha menina é chave relíquia fechou vai lá meu parça olha prometo que não vou ser mais vacilão com a mulher cumpro tu tá me tirando não mete o louco prometo sim sim esse menino presta pra nada Clarissa estudou alguma coisa para arrumar trabalho e você também não terminou estudo nenhum já falei tanto pra você que não é por sermos pobres que tu não deve ser alguém na vida mãe mãe ele está lá fora ela saiu mas para onde onde ela foi se acalma cachorra vai demorar uma cota pra Clarissa voltar tira devagar isso o que tu quiser que eu tiro tu tira tá ligado cachorra olha pode olha... Senta Clara no chuveiro por favor, disse Clarissa ao acender a luz da quadrada cozinha plúmbea. O pai apenas cumpriu sem nada dizer, empurrou com delicadeza a porta sanfonada caramelo, iluminou o cubículo branco e sentou a filha salivada no vaso. Clarissa também não cogitou travar um diálogo naquele momento, primeiro que não teria o que se comentar e segundo porque o silêncio era sinônimo de prazer naquela casa fria. Saiu ao quintal dos fundos, passou por debaixo de roupas e sentou-se numa cadeira plástica. A mãe fumou dois cigarros seguidos olhando casas às centenas cujas lâmpadas formavam uma constelação; visão premiada de sua janela no topo do sítio: dormia com o céu espelhado , um agrupamento de estrelas apartadas do sol. Tinha o dom de observar sua realidade com a mente vazia, pensar era doído para Clarissa. Não enxergava-se como algo tentava ser apenas um corpo que respira automaticamente. Após uns instantes levantou-se de cabeça baixa, mechas de cabelo de sua fronte escapavam-lhe sobre os olhos. Uma antiga lata de milho servia como cinzeiro em um canto, ali a mãe pegou uma guimba de *marijuana*, tragou desesperançada e retornou à casa pronta para lavar a filha e suas pernas compridas. De madrugada apenas dois dos habitantes do pequeno espaço conseguiriam desligar o corpo. Jon olhava para escuridão do teto, em sua visão periférica um triângulo azul avisava da luz da janela, no centro de sua visão, com as pupilas dilatadas via um tecido negro, de trás dos olhos, via a memória de ontem ou de toda uma vida por sobre o tecido. Manchas translúcidas que se mechem e formam algo que parece reconhecer mas então desfaz-se. O homem que vemos deitado vivia um momento distinto mas não tão raro: a convicção de olhos abertos olhos fechados, a treva é a mesma. [... era uma mulher robusta, uma Vênus de Mille cor de bronze, a pele oleosa, os cabelos grossos e negros, o sorriso leve, o olhar atento. A maioria dessa características Clarissa havia herdado da mãe. Jon conhecia bem o olhar atento, a pele cor de bronze quando retorna de uma viagem da praia. Num dezembro onde ambas brilhavam feito tachos recém cunhados sobre a areia, Jon teve a primeira recaída para com as seduções da sogra.Três dias após o ano-novo Clarissa, tediosa pela monotonia decidira dar uma volta no bairro litorâneo. Jon se esgueirara sobre o batente do quarto da sogra alguns minutos após ouvir a porta bater. As sandálias se afastavam no asfalto, e o genro olhava a sogra de cima à baixo, está deitava na cama, apenas de camisola de seda violeta...] Jonathan esse é o Ricardo Mazzi filósofo ele vai participar da nossa conversa lembrando que se surgir desistência à qualquer momento nós desligamos apagamos e não falamos mais nisso pode pá doutor sem desistência aqui faz tempo que eu quero aparece num vídeo se pega de ganhar grana cê ta ligado doutor que aí eu abro um canal Não tio pode gravar aí só sucesso só sucesso cês quer saber do conhecimento da quebrada eu tô aqui pra provar que o baguio é louco aqui inteligência tu arruma na marra tá ligado nós não sabe de número mas sabe fazer contabilidade nós não sabe de letra mas chega junto se liga como o jeito que o mano fala na quebrada se num é outro idioma Dialeto isso não eu tô ligado Depois dessa vou é tentar usar as palavra chave que eu lembro O homem pode significar uma pá de coisa só que o seguinte vou te falar o que eu penso na moral nós vive como se o mundo fosse nós mas o mundo não é só nós o mundo é o cachorro tá ligado é árvore planta nuvem céu O doutor mó cota que eu já tô ligado nessas fita mas ó seguinte cola na garupa sabe que eu penso que ser burro é bom Jãos cola na garupa escuta ser inteligente é moiado pensa só os cientista lá cada dia a morte ensina uma pá de maneira de te encostar pode pá que o cachorro é que é feliz pode pá que o cachorro é mais feliz o cachorro sabe que vai morrer sabe nada parça correr no asfalto pra ele é tiração dar um jet com um parça no cavalão de Tróia dele pra arrastar umas novinha não é tiração eu e o cachorro sabendo viver Quando cê tem noção da morte parça cê vai se questiona o resto da vida Nós já vive como se ela não pudesse encosta qualquer hora não importa fita mano ela te cata num é não Ricardão Pô mano só agradece tô na seca Porra olha os playba fumando chá Não mano vamos debater Quer saber de uma fita a ignorância escuta a ignorância é detentora escuta bem detentora da felicidade Mano eu escrevi isso quando era moleque nunca mais esqueci. Clarissa mudou de lado na cama, acabou deitando o dorso da mão sob o peito de Jon. Agora a escuridão de reminiscências fora substituída pela silhueta cinza azulada do perfil de Clarissa, a cachoeira de cabelos sobre os ombros. Às sete da manhã Jon saiu de casa. Seu destino estava certo; o caminho, dominava; os olhos, vermelhos por conta de uma única intenção. O pai subia uma rua comprida, contígua à uma escola arborizada e um muro coberto de heras. A manhã descia branca, sem o amarelado de sol algum, o brilho apenas era seu único pensamento. Ao término da subida Jon tornou à esquerda, contornou um bar de esquina cujos fregueses bigodudos o julgaram às costas, para então encarar mais uma rua íngreme, ladeada de casas comuns com um fluxo de veículos comum. Os poucos seres da manhã passavam por ele largando seus perfumes corriqueiros no caminho. Cães que latiam avisando da volta da vida à cidade, batiam nos portões; teve um momento que Jon reparara num portão cintilante à sua direita: o cão seguia-o com os olhos firmes, como se ouvisse um segredo de seu modo de agir. Uma senhora de cabelos lisos e castanhos varria umas tanta folhas teimosas em estragar a harmonia de seu corredor, olhou para Jon que passava de visão perdida no fim da rua; pediu por sua vida se estivesse em perigo e tornou em direção aos fundos, onde um retângulo vazio dividia sua casa do sobrado laranja de Mirtes.

Ali, Ritinha a chamou: Mirtes, tá aí?, Oi, Ritinha. A senhora não demorou para aparecer, deveria estar pela cozinha como de costume. Sentou em uma banqueta próxima à churrasqueira, A gente já começa a manhã cheia de serviço, né Ritinha? Ah, eu tem hora que abro mão, como hoje, acordei, tomei café mais Timóteo, nem lavei louça nem nada, mas deixa eu falar, Mirtes, cê viu as mortes na Itália, parece. Mirtes colou as palmas da mão em direção ao céu, menina, você viu aquilo; agora imagina se chega a esse ponto aqui, aquele tanto de mortos. Não, que Deus não deixa, já está tudo difícil, ficar mais difícil, É, minha irmã, queira Deus nada acontece; Suellen já foi trabalhar, Ritinha? Já, ela tá saindo mais cedo agora porque o mercado já está dividindo, né, o número de funcionários para ter como se isolar. Pelo menos isso, Rita. Mas podia estar melhor, disse Cassandra, surgindo do quarto silencioso que estava atrás de Ritinha. Por que minha filha?, indagou a mãe, acendendo um cigarro. A senhora já foi no Russo? Lá estão colocando vidro nos caixas, caixotes de frente os caixas rápidos para manter a distância na marra; a Suellen escolheu mau, já disse. Vai tomar café então, sabichona. Ê, mãe, lá vem; quero ver o dia em que vai falar assim com a Suellen, resmungou a filha em direção à cozinha. Mas eu fico preocupada com a Suellen, Mas tem que se preocupar mesmo, Ritinha, minha irmã, não sei não se é só velho que pode morrer disso, custa eu acredita, nó, Mas será, Mirtes? O tempo dirá, minha irmã, o tempo dirá. Cassandra começou a gritar da cozinha em seguida: Mãe, seu celular tocando!, Vou pensar o almoço, Rita, vai cuidar, No café eu te chamo. Quem será? Aurélio falou comigo agora depois das sete, será a Suellen, mas nunca ela liga logo depois que chega no serviço, Quem é, Cassandrá? Acho que é a Suellen. Era mesmo. A foto da filha mais velha brilhava na tela do celular dourado. Rita pegou o aparelho e por uma última vez olhou com os olhinhos pequeninos o nome Suellen. Mãe?, Oi, filha, Tudo bem aí?, Tudo, o que aconteceu pra cê tá ligando? Cê nunca liga, Não é que acabou de rolar a maior confusão aqui no Cadete, um homem roubando um carro no estacionamento; os meninos pegaram ele mas chamaram o Gilson porque o cara está armado, Minha nossa senhora, Suellen, mas vocês estão onde?, Eu? Eu tô no atendimento, eles estão lá embaixo não precisa se preocupar, Você não fique querendo ir atrás de Gilson preocupada não, viu Suellen?, Oxê, mãe! Parece que não sabe que não fico grudada com ele aqui, É o que mais fala quando tá aqui em casa, Ai meu

Deus te liguei para te contar, já me arrependi, Tá bom, Suellen, vai trabalhar quando você chegar me conta, Acordou estressada, dona Rita?, É seu pai me dando trabalho, tchau, vou caçar almoço.

Acordou com a macaca eu, hein. A mãe desligou; a filha fez uma careta infantil para o telefone e tratou de flanar pelo corredor vazio do supermercado. Encostou em uma vasca abarrotada de pães de forma, abriu sua rede social favorita; o dedo começou a deslizar. A alguns metros de nossa personagem, no fim do corredor, um repositor de nome insignificante perdia-se na dionisíaca visão. Era jovem e sem muitas experiências amorosas, portanto dissolvia-se no encanto de Suellen com muita facilidade. A fiscal de caixa, dentre todas as funcionárias, tinha um certo destaque: Suellen chamava a atenção; mas não por bom desempenho (Suellen era bem mediana), nem por comportamento ético e aceitável (Suellen era vista em brigas de uma a duas vezes por semana), muito menos por amar sua função e consequentemente ser boa funcionária. Ou seja, por uma idiossincrasia pitoresca nossa amiga ali era vista como diferente. Suellen fora contratada no Cadete por volta de quatro ou cinco anos antes de nossa história infeliz começar. Nas primeiras semanas, como operadora de caixa, Suellen mostrou-se ressabiada a fazer grandes amizades no novo emprego, visto sua vasta experiência com amizades frustradas. A empresa sempre deu preferência para mulheres como operadoras de caixa e ter esse monte de pares de olhos voltados à si, para Suellen, era o que a deixava mais amedrontada. Todas as suas grandes amizades com outras mulheres acabaram em tapas na calçada, na rua de Mirtes ou na rua debaixo. Teve um dia que Suellen descobriu que poderia almoçar no refeitório do confins internos do mercado, assim que pôs os pés no salão às tantas cabeças se viraram para ela. Acalmando a si mesma no pensamento sentou-se próxima a um grupo de outras operadoras; com poucos minutos se entrosou, em poucos minutos as meninas notaram que Suellen não era "qualquer uma". Com um ano de empresa nossa amiga já odiava o emprego com todas as forças, ao chegar em casa dizia para Rita e Cassandra máximas como: Dessa semana não passa; não vocês não sabem o que ela falou para mim; mãe, a senhora não sabe o tanto que eu tenho que aguentar para te dar esses duzentos reais. Aquele novembro fora a primeira vez que o desejo de se desligar da empresa aflorou em suas conclusões e, também naquele novembro Gilson, o novo segurança terceirizado, deu pela primeira vez sua mãozada no balcão onde Suellen, recém-fiscal de caixa, trabalhava: Bom dia, moça; será que posso usar o telefone?, Suellen olhou-o de cima a baixo, a calça de flanela cor de petróleo, as botinas gastas, a camiseta creme, as dobras circulares que formavam seu abdômen, Pode, você é o novo segurança, não é?, Oi?, Você é o novo segurança?, Sou sim. Boa escolha... perfeita escolha. Tudo batia. Os ombros largos e homéricos que pressionavam o telefone contra a orelha, a pele cor de areia molhada, os olhos fixos, os cílios curtos, falanges sombreadas por pelos, a calça de flanela petróleo, as botinas gastas, a camiseta creme... Valeu, senhora, Oxê, menino, pode me chamar pelo nome, Suellen, ai, ai, sorriu, e os lábios se alçaram mais quando foi recíproco: Mas se você tá aqui então é porque é chefe, né não?, Não, homem; sou só fiscal. Em três meses tornaram-se amantes. Suellen metamorfoseou-se em uma nova mulher; o colapso de mudanças que a circularam fora o culpado. A filha, Tainá, entrava na juventude, nos dezesseis anos: os cabelos são os primeiros a serem independentes, então vem as roupas, os horários, o dormir, o acordar, os segredos até que finalmente o ser humano inteiro, momento esse em que percebemos que filhos são são objetos privados. O namorado, Gilson, era um policial correto, viciado em trabalhar e bom de cama: os dias vão passando, a rotina vem saudando e o homem vem enjoando. A síntese fora Suellen interessar-se por maquiagem, cabelos louros, tatuagens e piercings. Uma nova fiscal entrava pela porta nas novas manhãs dos funcionários do supermercado Cadete. Agora era a mulher absorta encostada na casca bem de frete a nossos olhos: seios protuberantes sob a camisa de algodão azul escuro, cabelos um tanto louros um tanto castanhos presos em um coque, lenço vermelho no pescoço, lábios violeta e olhos sombreados de marsala. O repositor soltou um "tsc" em nossas costas, entristecera-se por ter de mudar de corredor e abandonar a sereia dos pães de forma. Contudo poucos instantes depois fora nossa amiga a ser a desperta: Suellen?, sua colega Vivi chamou ao aparecer no corredor. Guardando o celular no bolso traseiro Suellen disse: Oi Vivi, alguma coisa? Prestem bem atenção em sua questão. Oras, já estão certos que nossa Suellen não é uma mulher comum, pois bem, se Vivi presenciou estas palavras atreladas uma expressão de aflição vindo da fiscal só significa uma coisa: Viviane sabia que a funcionária tinha esparsas noites com o terceirizado. Amiga, o Gilson está no meio da rua com a arma apontada pr' bandido, Sério, Vivi, meu Deus!, Suellen fechou a cara. A ninfa perfumada no corredor dos pães se fora, embalada junta do telefone no instante que Suellen soubera do perigo que o amado se encontrava. Caminhou como um soldadinho até a entrada do super mercado, com as ancas fartas empurrou uma cliente, ao passar pelo primeiro caixa que viu. Suellen se grudou a um parapeito de concreto azul como seu uniforme e fitou a rua, reparos frenéticos a procura de Gilson. Para lá do estacionamento via-se uma confusão. Algumas dezenas de pessoas envolveram-se na cena apolínea no que perceberam dois homens altos, armas e gritos: um tinha olhos em pose de mira, o outro, atônito, sentia os músculos despencarem com a adrenalina. Gilson estava na calçada do Cadete, vestia a camisa creme, as calças pesadas e o mesmo relógio de sempre. A cabeça baça de suor, algumas gotas ondeando por sobre a tez enrugada. A arma era comprida, o portador era uma miniatura retorcida na superfície espelhada. Do outro lado, na outra face da rua, no ponto de ônibus há pouco cheio de gente rotineira estava o alvo, aquele que quebrou a energia do dia, o que matou a usurária, o parricida, o ladrão de pães, o que estrangulou Julião Tavares. Um jovem vestido em roupas úmidas de suor era o portador da arma oposta, os olhos estavam apertados, quase fechados, como se o pobre somente visse o oponente. Jão, não faz besteira, abaixa o baguio, gritou Gilson subindo e descendo sua mira nas vírgulas, Fião tu tem família?, o ladrão não respondeu, como uma estátua abnegada permaneceu de mira firme, o pensamento fluindo como uma torneira aberta, Nós vai ter que ter um diálogo aqui, mano, vamo abaixa o baguio, Não tenho nada a perder, senhor, finalmente gritou o outro. Gilson se calou; firmou a mira. Alguns metros dali Suellen pôs a mão sobre o peito. O policial começou a descer a calçada num passo de lobo, via que seus movimentos eram replicados do outro lado; o desgraçado é experiente, pensou. As pessoas começaram um tumulto assim que pressentiram tiros: uns subiram desesperadamente a calçada do supermercado, desviando de seus itinerários em nome de continuar gozando o prazer de respirar, outros tantos se espalharam pelo estabelecimento, mulheres com crianças, adolescentes com fones de ouvidos, senhoras de saias longas, todo tipo de curioso arrependido entrou pelo estacionamento. Suellen não sabia se descia até a rua e pedia para Gilson se render, mas nem sei se posso fazer isso, se é certo, o certo para mim é não ter arma em lugar nenhum, ai meu Deus meu amorzinho, meu gordinho. Vai ter tiro, conheço Gilson; quando as costas dele fica assim, sei lá, a nuca abaixada; sinal de tiro, porque eu tô sentindo, minha nossa senhora. As lágrimas oleosas de rímel começaram a escorregar pelas bochechas. Tanto pediu Suellen que aparentemente Deus quis se meter em minha história e dar graça à minha personagem: um outro policial à paisana pegou o ladrão pelas costas, apossou-se da arma e encostou-o contra o muro ao lado do ponto de ônibus. Tá preso, quebrada, ãhn? ouviu?, deu um tapa em seu ouvido. Casa caiu, bandido!, disse Gilson, após atravessar a rua. O vil fora forçado a deitar de rosto com a calçada, o segundo policial posicionou o vasto joelho no meio das costas do ladrão, o tórax frágil apertou-se, as minúsculas pedras do pavimento machucavam sua testa. A platéia aos poucos foi se aglomerando novamente. Se ouviu de duas mulheres logo em seguida: Gente o coronavírus!, Que coronavírus o que, ver a polícia assim prendendo bandido na tua frente é sinal que Duff presta, Duff até 2021!, Nossa, coragem! O microcosmo que bem representava o país de nossa história estava ali, sob a palma de Adicia, retendo injustiças, divididos pelas calçadas da avenida: encostadas no muro do mercado, idosas vendedoras de revistas cristãs cochichavam uma no ouvido da outra; a rampa de acesso à entrada do mercado abarrotada de comentaristas, alguns causando confusão por tampar as passagens dos desinteressados e suas sacolas; na calçada alguns pedestres olhavam intensamente, cães subiam e desciam atrás de uma fêmea no cio; curiosos nos automóveis passavam como quando vemos macacos no zoológico; uma viatura de policia descia em sentido ao ponto de ônibus, dela saíram um cadete e um major. Levanta o elemento, Gilson, disse o major, um homem de altura quebra-nuca, pele de gesso, e olhar congelante. O policial à paisana encostou o pobre homem contra um muro próximo. À partir desse momento a cena tornou-se tão natural que a corja de alcoviteiros se desfez, cada um cumprindo seu itinerário. Armas; distração perfeita em meio o pânico de ter um inimigo invisível e ágil no território desde algumas quinzenas atrás. Já quando o interrogatório a céu aberto tão comum se iniciou a distração se dissolveu. O detido usava roupas largas, os tecidos puídos nos joelhos e cotovelos, os olhos fitavam a guia, o raciocínio era curto, o pensamento parecia não existir ali. Quantos anos você tem?, indagou o major. O detido levantou o olhar no momento da pergunta, como um instinto incontrolável. Seus olhos estavam amarelados, a pele oleosa e suada, cheia de cravos..., Tenho trinta e dois, senhor, Que que cê já puxou, quebrada, Dois um cinco cinco, senhor, Com que, carro também?, Carro, senhor. O detido avermelhou-se numa cor tomate quando percebeu que o cadete gravava toda a ação no celular. Após as primeiras perguntas o major posicionou-se no enfoque da câmera do telefone: Aqui temos um sujeito detido por furto de veículos. Estamos de frente ao supermercado

Cadete; Cadete!, o major gesticulava com as mãos apontadas para o mercado, Cadete!, Oi?!, Dá uma focada no Cadete. Enquanto o outro obedecia o major aproximara-se do detido novamente, este tinha os olhos tão inflamados ao olhar o policial que parecia que os glóbulos secariam mas o detido não piscaria. O uniforme do major era curiosíssimo: não usava a calça e camisas e coletes e coldres plúmbeos, mas um belo de um capote fechado à altura dos joelhos, calças e uma boina. Se tivesse pego um ignorante tal vestimenta passaria batida, mas ele não estava de frente dos olhos de um mouco ou parvo. Fosse *dog whistle*; sem importância, o chamativo era a diversão que o major exibia no olhar. Aquele ladrão de automóveis fora o primeiro a notar que haviam outros invisíveis competindo pela população junto ao vírus. O major pintou e bordou para o celular: abusou de seu nacionalismo, armou-se com seu aqui tudo pode e ordenou para que o detido tirasse a camisa, mostrasse as tatuagens, e neste momento o policial disse à câmera, Olha, esse palhaço aqui vocês sabem o que significa, não?; quando foi que você fez isso aí? Besteira de moleque?, o homem cabisbaixo replicou num murmúrio, É, senhor, as animosidade da juventude, Olha aí cadete, pessoal, temos um filósofo, no mundo do crime também tem gente inteligente, só que usam essa inteligência pro mal. Logo depois da investigação dermatológica e esta ter trazido a conclusão de que a tatuagem era um signo monótono, o major pediu o telefone do cidadão: Tu comprou, quebrada?, Minha sogra me deu há uns mês, respondeu, Qual a senha?, voltou o major, afastando o telefone dos olhos já cansados para tentar enxergar no sol das oito da manhã a tela, o detido pediu em seguida, Se o senhor puder por a tela de frente do meu rosto, por gentileza, o telefone irá desbloquear, senhor, o outro homem deu três passos pesados, estacou cara a cara com o infeliz: seus olhares se encontraram assim que o major estendeu o aparelho em direção ao rosto de sua presa. Não sinto culpa por invadir seu lar por revirar seus armário por roer seu pão Foi Deus me castigando jão jãc Porque não mano mano mano

Clarissa a fita é essa, O rosto do inimigo era angular, bochechas marmoreadas, olhos de vidro, um bigode baço e castanho sobre os lábios finos azulados. O major empurrou-o pelas algemas até o camburão, Jon subiu cabisbaixo e assim permaneceu até a porta estralar e seu pensamento ocupar toda a inércia. Inspirava ar quente, áspero, o cérebro parecia estar solto. Clarissa os gambé vai atrás da Clarissa meu chapa Quem falava assim era Golias Mano Jon cria da zona sul [...Um jovem de corpo esculpido, pele bronzeada e olhos verdes; sentava-se no balcão do bar. *Terceira vez na semana, mas suave, com Clarissa tô suave,* pensou Jonathan, sentando ao lado do carioca: *Fé mano Jon, cria da zona sul, né? Caralho mano tá relíquia hein menor?...*] Uma grade robusta separa as classes sociais dentro do veículo. O ar quente. Os olhos de vidro pela grade. Não fiz a função mano não fiz não fiz porque [...o estacionamento era amplo mas apartado, somente os funcionários do supermercado o usavam. Jonathan vinha andando com os olhos fixos em sua oportunidade e assim que vira o estacionamento, partiu com seus olhos inflamados em direção ao primeiro veículo que viu: um quatro por quatro cor de romã cujas rodas estavam imantadas por argila seca de alguma estrada. Jonathan se abaixou e com destreza, desatou o fio do alarme no que as mãos entraram por debaixo do pára-choque. Levantou-se e, instintivamente, olhou o capô, então reparou por detrás do vidro: no lugar do passageiro uma garota franzina o olhava assustada, usava uma máscara marinho; isso assustara Jonathan mais do que sua desventura repentina...] Os verme tá metendo o louco de querer buscar Clarissa Roubado o caralho tiração isso aí parça Quem é o mano que domina a verdade nessa parada Que a minha verdade tá no pente Adquiri no grupo de rolo seus cuzão Mas adianta parça diz pra mim Adianta no que Jon? Ah, seu doutor, medo adianta porque ele alerta, tá ligado? Qual os verdadeiro motivo do favelado roubar? Será que é porque os playba, não os senhores, mas playba que é vacilão, tá ligado, os moleque tudo tem iPhone e o escambau, o pobre quer mano, tem a Louis Vitão, as mina vai querer, parça; ou será, Doutor, que o ditado que fecha essa filosofia será o que é um peido pra quem tá cagado? Se o pobre pode puxar cana a qualquer hora, andando na rua, abraçando uma idosa loira, tendo de caçar, ser leopardo numa selva de leões moralistas, o que custa tentar, vai que salva, disse Ricardo, sentindo as lágrimas ferverem sobre os olhos, pouco depois o rosto de Jon na penumbra virou aquarela. Ei, quebrada, chamou o major batendo os dedos gordos na grade maciça, levanta a cabeça e confere se estamos na rua certa, Jon levantou e viu o portão de madeira, um anão de setenta centímetros pintado de azul turquesa há anos, Clarissa olhava para a viatura no batente da porta, Está, senhor, murmurou em resposta. O pai ficou sozinho dentro do camburão, apenas o cadete permanecera no veículo. Gilson fora quem se armara do telefone para gravar a ação do major, este, como um alemão austero, ereto, caminhava em seu em capote cinza até a casa de Jon. Na hora de empurrar o portão turquesa ruidoso e abordar a moça franzina, o ator fora gentil com a câmera: posicionara Clarissa lado a lado com ele como se fosse um repórter no terceiro mês de estágio, Você é esposa do detido Jonathan?, disse, Sou sim, Clarissa cruzou os braços e desviou o olhar das câmeras. Era uma péssima manhã, daquelas amarelas e verdes onde o cansaço pesa nos ombros, a vida pesa a cabeça. A mãe não tinha mais de cinquenta quilos, a pele translúcida, alva como uma seda, era bordada por hematomas; culpa das pernadas da filha na hora do banho, da janta, do almoço, da convulsão... O que mais imagina aí, seu cuzão, tá me olhando desse jeito porque, segue tua linha, vaza com Jonathan, fiquem com ele, é um favor! Como queria falar isso pra ele como eu queria dar o soco um soco um soco, Clarissa pressionava as pontas das unhas carcomidas contra a palma da mão, os tendões saltavam, ela suspirava, O Jonathan rodou de novo, senhor? O major pediu para entrar, porquanto Clarissa deu alguns passos em direção à sua sala e cozinha. O policial tampou a respiração nos três primeiros passos, deu uma volta com o olhar sobre o cômodo, viu uma poltrona, um sofá de couro puído preto, um tapete desfiado cor de canela e uma menina de uns vinte, ou dezoito,não está mais para vinte e dois, puta que pariu que menina gigante. Doze!, exclamou Clarissa assim que percebeu o major de olhos presos em Clara. A criança olhava o bigodudo com desconfiança; não chorava, sua face de expressões derretidas estavam estáticas, os dedos dançavam, o bico salivava Olha Clarinha Olha Clarinha amarelo-de-mamão, luz branquinha, apaga a luz?, o guarda roupa, Clarinha; boneca, eu sou eu? vestido cor-de-giz-vinho é sua é linda relíquia relíquia não fala essas Jonathan Jonathan Olha Clarinha Olha Clarinha Pai Pai guarda roupa grande madeira-do-perfume--do-papai [... a parede de madeira, uma sombra azulada a cortava diagonalmente, então o guarda roupa de oito portas da casa do avô, a janela de alumínio, e os reflexos do sol, luminosos, amarelos. *Hein, doidinhá, tu sente quando passa os dedo aqui? Sente o quê tu sente?* O avô tem o rosto próximo ao dela, a boca roxa, o cheiro de vinho, o cheiro de corrente. O avô careca, apenas um bigode baço sobre os lábios finos abre a camisa azulada, os cachos cinzentos pareciam ninhos sobre o peito...] Calma, filha, shhhhh, não precisa ficar com medo, ele é amigo. Clara esperneava e apontava o braço limitado para o major, este em uma posição ética: com as mãos para trás, segurando o telefone de Jonathan na mão. Com o calcanhar duro e áspero, a filha marcava as coxas da mãe, mas a mãe ali permaneceu, sendo chutada, enquanto limpava a saliva espessa que escorria. O policial esperou os minutos necessários para sua presa cuidar do filhote defeituoso. Assim que a conversa retomou o major logo continuara seu interrogatório. Clarissa estava tão inerte ao azar ou a sorte que respondeu todas as perguntas monotonamente, então o policial também solicitou seu telefone para uma verificação. Clarissa foi deixada na casa ao lado da filha enquanto o major ia verificar junto ao cadete o status do aparelho. A mãe foi detida por furto de aparelho celular. O major em nenhum momento mostrou validar a defesa do casal quando estes afirmaram ter adquirido os celulares em grupos de vendas e trocas. Mas a verdade, se verdadeira, só poderia prevalecer se a autoridade ali presente a permitisse. No que o policial dava voz de prisão para a mãe, o pai que continuava cabisbaixo dentro do camburão tentava se distrair da dor nos antebraços esticados ouvindo os sons que o telefone do cadete emitiam. Por uns momentos foram sons vindos de vídeos conhecidos de Jonathan, para então virem os sons de teclas, os músculos ardiam, Jon apertava os olhos, À partir da próxima terça, vinte e quatro de março, decretamos quarentena nos seiscentos e quarenta e cinco municípios por quinze dias... acabou refletindo que, talvez, os brasileiros ordinários sentissem como é andar pela cidade com o inimigo em todas as esquinas.

VISITA DE SEXTA-FEIRA SANTA

Para Monique Malcher

Claro que a história do galeto foi a pior, além de ser um desperdício de comida, um dos maiores pecados. Nossa como você é chata, eu digo, Eu só quero seu bem, ou, não quero ser falada na rua. É isso que vai dizer, quer ver?, Eu só não quero ficar falada na rua, Inês. Se aproxima como se se preocupasse comigo. Seu feijão precioso vai queimar, irmã. Ela suspira: Santo Deus! Como você é difícil. Arrasta as sandálias pela cozinha até amortecê-las na passadeira de tecido próxima do fogão. As pessoas, continuou, de costas para mim, acham que você está doente, Inês; é um segundo para me taxarem como a irmã que não está nem aí, a irmã que mora na esquina da rua, que se preocupa com o marido ao invés de olhar pela doente, Nossa, Lívia, a Globo tá te perdendo, puta que pariu; primeiro que você praticamente confessou aí que se importa mais com Cássio do que comigo; dois, que se foda esse bando de fofoqueiro, não é problema nosso que eles se enfiam em nossas vidas; eu mal saio na janela. Se vira com as mãos na cintura, fulmina o olho para cima de mim como sempre fez, Mas, a sua janela, Inês, é a janela que teve um galeto cru arremessado dela; e corta esse seu linguajar do mundo, Chata pra caralho, você, hein, Lívia? Acendo um baseado e vou para a janela. Lívia parece dizer algo mas não escuto e nem quero escutar. Para mim é fácil não escutar. Não escuto esses moleques no poste brincando; brincando de quê? Não sei; e essa menina junto deles, é a namoradinha. De qual? Do magricela? Não, magricelas não fazem muito sucesso quando criança, ah, já jovens são os mais procurados. Mas deve estar de namorico com aquele suado, parece um leitão de umbigo esburacado. Nunca que se tivesse filhos, deixaria andar com a camiseta curta desse jeito, mostrando o umbigo; mas que cena horrorosa. Onde está a merda da garrafa d'água, ah, vazia, porque a crente sente sede. Coloco a guimba úmida entre os meus lábios secos, Já acendeu esse negócio fedorento de novo, Inês? Minha irmã, você tem sessenta e quatro anos de idade, Eu sei, Lívia, respondo enquanto me dirijo à pia. Abro a torneira, A certidão não me deixa esquecer minha idade. A fumaça do meu baseado se mescla à do feijão, vejo uma mancha escura no tecido da passadeira, Ah, veja só, você derrubou feijão; viu, como todos temos defeitos, Jesus abomina o pecado, Inês, mas ama o pecador, Ele criou, me viro com a garrafa devidamente cheia, trago profundamente em sua frente, nossas barrigas quase se beijam, Ai que fedor!, Ele criou, Como assim ele criou? Quem criou o quê? A maconha, Lívia; ah, o quê mais?, Que nome horroroso, Deus não criaria uma coisa horrorosa e fedida dessa; além disso, Inês, todo viciado tem suas palavras de defesa decoradas, lá no Ministério já trabalhei com os nóias, Igual a vocês, crentes, também têm as defesas decoradinhas. Pego um copo no armário; realmente, o feijão da desgraçada cheira bem, Você só pode ser uma perdida, Inês, E só agora que você foi perceber? Apago o baseado no cinzeiro e acendo um cigarro, O quê você usa para aguentar a vida, Lívia? Sento na mesa há alguns passos dela, segura o pano de prato firmemente com uma das mãos, O que está insinuando? Que eu uso drogas, Inês? Olha com quem você está falando, Ô frase maldita, minha irmã; mas uma frase típica dos seus; vamos lá, vou perguntar de novo: o quê você usa para aguentar a vida, Lívia? Porque Deus criou tudo, ele criou a maconha e não só isso, o grão de café ele deu aos homens que aprenderam a torrar esse grão, o fogo, também é presente do Senhor; sabe o que mais ele criou? A papoula de onde se tirava o ópio, Lívia; sabe o que é ópio, minha irmã?, Já ouvi falar, ela se vira para as panelas novamente, eu continuo falando pois sei que me escuta, Ópio é o que a maconha foi ontem; ah, Deus também fez os alquimistas, que depois viraram químicos, farmacêuticos, então os séculos passaram e começamos a ver uns doidões, Lívia, que injetavam mofina pelos hotéis; sabe sua bendita sertralina? Mais uma droga criada por Deus pai, Misericórdia!, se vira novamente, da mesma forma passiva agressiva de sempre, sempre quando queria me afrontar ou quanto tinha respostas na ponta daquela língua ferina, Como você compara um remédio com essa coisa que você fuma, essa coisa que te deixa descontrolada, Eu pareço descontrolada agora, Lívia? Ah, faça-me um favor! Eu, sendo uma velha maconheira - porque a palavra é essa, só você não quer usar - então, uma velha maconheira que faz unhas, que aparece nas janelas sem sutiã às vezes, essa velha aqui, pode ter certeza, é mais feliz que você, O quê você tem, Inês? O quê está agindo no seu corpo?, Falando em corpo, Lívia, há quanto tempo que você não goza?, se exaspera novamente, olha todos os pontos cardeais para se certificar de que não há intrusos, Responde, oxê, não tem ninguém ouvindo, boba; há quantos anos, porque devem ser anos, que você não goza?, Para de dizer essas coisas, você está em pecado; está alucinada; você, Inês, ainda vai morrer disso, o Senhor ainda vai te castigar pela sua insistência em permanecer em pecado, Se ele me levar é um favor, Lívia; mas assim, minha irmã, como você consegue viver esse teatrinho? Vai, fala sério, Cássio tem uma bexiguinha em cima do pau, não tem? Se vira e suspira, eu tomo mais um gole de água, é uma noite calorosa. Se vira novamente, Eu só queria passar o dia e a tarde com minha irmã, nada mais! Fazer uma boa ação, fazer um jantar para ela, pois ela vive de pastéis pagos por bêbados; estou aqui, Inês, para tentar te lembrar que existe vida além dessas paredes, uma vida que o Senhor prepara para ti, não estou aqui para falar de Cássio, Ótimo, você venceu, Lívia; quando você quer você é tão chata, porra!, se vira para o feijão, murmura, Esse negócio ainda vai te matar. Pego meu celular e dou uma olhada costumeira no Facebook, a primeira foto pertence à uma notícia de morte; olho para Lívia e percebo que também mexe em seu celular, é crente mas tem Facebook, vai entender. Então um menino morreu, como assim, não entendo, Lívia?, Oi?, Hoje um menino caiu bêbado do MASP, Mas que horror, olha onde a vida do mundo leva um filho de Deus, Você só enxerga isso? Chatice, eu, hein; absurdo para mim é morrer bêbada numa resenha de domingo; a vida é uma bosta mesmo, Olha como..., Já sei, vai vir uma maratona de regras do seu Deus que leva os bêbados até mim para me pagar pastéis, e os leva às calçadas também, de cara no chão, tudo bem! Prometo que não falarei mais heresias, não se irrite, pode cozinhar em paz, vou ficar mexendo no celular. Não responde nada, apenas vai até a cuba e começa a empanar os filés de peixe, é, morreu bêbado mesmo, mas que bosta, agora imagina o guri saindo com as meninas, ou meninos, que no MASP né, com certeza teria de tudo; e de manhã, porra, deviam estar numa saideira e puft, o menino morre, e nem vai lembrar que morreu. Mas o quê mais de bom tem nesse Face, nossa como esse frango deve ser uma del... oxê saiu, ah, não, agora é que vai começar, ah, essa porra tá em inglês, flúor? Como que põe flúor? Olha, até os ovos deles são mais bonitos, cansei; vixe, porra, os olhinho deve tá pequeno, tô enxergando nada, cadê essa merda?, Lívia?, Não tinha prometido silêncio?, Assim só morta, mas enfim; poderia a senhorita pegar meus óculos em cima da estante, estão do lado do quadro de mamãe. Lívia traz após uma demora, deve ter observado a fotografia de mamãe na praia. Agora sim, o que temos? Receitas de pão de mel, mas porra, achei que receita de pão de mel seria uma só; mas olha, temos homens aqui. Essas meninas são um bando de safadas; como eu queria ser jovem nos dias de hoje, iria conversar com tanto homem, sem papai saber, não ia ter praça, não ia ter nada, só foto e mensagem estaria ótimo, só atiçar. Olha a doida da Irene, olha, acendeu um. Acendi um agora para abrir o apetite, a janta está sendo preparada pelo homem da minha vida. E vocês, amiguinhos?, O quê cê tá resmungando, Inês?, Não, eu estava lendo em voz alta uma postagem do Face, O quê?, Uma amiga minha, tem quase nossa idade, é no grupo dos maconheiros; publicou uma foto com um baseado dizendo que acendeu e perguntando se já fizemos o mesmo, Mas que depravação; essa senhora tem filhos?, Ah, não; mora sozinha, tem um amante, quando quer ficar chapadona chama ele e pimba, cê sabe que fumar da um fogo! Vou te falar, Lívia: essa é feliz, Como que envelhecemos tão diferentes, Você envelheceu diferente, Lívia, nem parece a menina que foi, deu tanto no ensino médio, Chega! Volte a seu telefone, vou fritar os peixes. Diz após um silêncio: Misericórdia, viu; a sua sorte, Inês, é que hoje estou cumprindo uma promessa a Cristo, senão eu já tinha ido embora. Não respondo, volto para o Facebook com os olhos, pois a cabeça vai até a manhã daquela sexta-feira santa: enquanto Lívia abastecia o carro; eu fumava. Lembro perfeitamente que joguei a guimba janela afora. Apenas uma poça, só uma poça e acabou; pronto: óbito, sessenta e quatro anos. Mas não aconteceu nada. E à tarde eu fui tomar banho e a bosta da minha instalação está podre de emaranhada; já perdi as contas de quantas vezes tomei choque naquele chuveiro, mas sempre estou de chinelos e se um dia eu os esquecesse. Óbito, essa é a palavra, é o que ilude a pobre Lívia e os seus; pensam que o vale de grama verdinha e tigres bonzinhos estará do outro lado esperando. Há outros que pensam que irão sofrer, minha irmã mesmo, quer me salvar disso, mas é só surdez. Vou ficar muda e surda. Mas não me eletrocutei no chuveiro. Uma vez, acho, que meu pai contou uma história de morte assim, absurda, um homem, parece, que foi consertar uma montanha russa naqueles parques de diversão decrépitos de bairro: acabou, foi-se, se eletrocutou, sua vida estudantil alcançava a glória, algo assim. A glória eterna, todos possuirão e eu conseguirei fazer com que ela aceite também, meu paizinho; me dê forças, unge esta comida, abençoe minha irmã através deste alimento; ai, quem é? Ah, sim, o pastor. Ele não vai demorar deve estar de visita na casa de Angela, se tem internet então é porque está lá. Ai, já me faz pensar nos benditos boatos. Cristo, como esse povo perde tempo. Onde que pastor Gil teria coragem de ceder a carne à Angela, uma mulher casada. Se bem que é oito e pouco, realmente seria estranho um pastor a essas horas na casa de uma fiel. Mas também seu Camargo está com ela, como ela seria adúltera com o marido em casa? Olha como Inês ri; mergulhada em pecado até o pescoço e ainda ri. Ai deve ser ele, Quem é, Lívia? Lívia, você chamou alguém aqui?, ponho a travessa de peixes e as panelas sobre a mesa, vou até o portão, explico a pastor Gil minha vontade, trago-o à mesa, Essa é minha irmã, Inês, pastor, Ah, não acredito, ela começou a rir como uma pata, seu nome é Gil, não?, Você conhece pastor Gil, Inês?, como ela vai conhecer pastor Gil? Ela nem sai dessa casa, Você já teve um caso com Tônio, que mora na viela, o senhorzinho português, eu vi você no celular dele, numa rede social de bicha, um laranjinha, ah, você sabe bem, não sabe, pastor?, Inês começa a montar seu prato, o pastor diz: Eu não entendo, irmã Lívia; aliás, entendo, venha até aqui, ele me puxa até a pia, O diabo também sabe de nossos corações, está colocando coisas na cabeça de sua irmã para provocar, simples assim, provocar, Eu sei, eu sei, pastor; mas é claro que eu sei, Ela ainda come tranquila, vê?, Concordo com o senhor, pastor Gil; eu também tive essa revelação, de que o Inimigo age sobre a vida da minha irmã; há anos, Ela está bem?, Inês fecha os olhos e segura o peito, então começa a se debater em desespero, Está manifestando!, exclama o pastor, Não! Não, pastor; o peixe, o peixe tinha muita espinha e eu não avisei, chama uma ambulância, pelo amor de Deus, Inês, Inês!

NÊMESIS

Para Natália Mattos

Ela saiu do shopping e o sol estava a pino, sacou os óculos escuros de sua bolsa e caminhou alguns passos em direção a um trio de vasos de plantas, acendeu um cigarro, começou a observar pessoa a pessoa, menino e menina, os cães, um caramelo tão lindo em seus pelos, Rafael, lembra o cabelo de mamãe naquela foto no clube Holmes, e pensar que mamãe já foi mulher chiquetosa, um luxo de mulher, a quem eu e você sempre olhamos. Me despeço de você pois é o único a quem posso realmente dizer adeus. Adeus é uma palavra mais bonita que apenas tchau, tchau era muito informal, ela pensou, então imaginou chegando em seu apartamento e reescrevendo aquela frase. Mas não sei se tem mais papel, posso comprar depois de fumar. Aqui tem Kalunga? Acredito que sim, posso comprar um caderno de vez. As duas folhas espelhadas que compunham a porta automática se abriram, um casal de jovens saiu aos cacarejos, as mãos dadas, a menina usava anéis fininhos, alguns com pedrinhas, uma sandália tão brilhante quanto seus olhos a repararem no namorado. Ela se lembrava claramente de seu último affair, um empresário carioca que passara seis meses em São Paulo, o único homem com quem trocou confissões e choros, e também foi o homem que mais a viu sem maquiagem, e não adianta eu dizer que *aquilo* não era um elefante na sala, sempre foi um elefante, Fábio reparava, eu sempre pegava ele reparando, e já que esse país não colabora conosco, Rafael, e *disso* não consigo me livrar, então prefiro me livrar de nós dois, você o passado, eu o presente, e ninguém com futuro.

— Que calor! – exclamou uma quarentona de regata verde-limão; acendeu um Eight e sorriu para ela. – Boa tarde – murmurou.

— Boa tarde – ela sorriu amarelo.

E pensar que ela não se mata, mas tem motivos a beça, isso, sim. Será que seria mais fácil aceitar ser uma mulher normal? Não, não adianta pensar assim, pois já sofremos mais que elas, e ainda ser pobre e casar com um barrigudo. Para quê pensar em casamento? Ela tacou a guimba em um ralo e tornou em direção ao shopping. O ar condicionado refrescou sua nuca, prendeu o cabelo num coque e andou sem direção, olhando as pessoas e os manequins, as vitrines de bijuterias e relógios, pausou frente a uma que exibia diversas alianças, Então a senhora iria querer um pneu no dedo?, Sim, senhor Fábio, um pneu de caminhão, dourado igual meus cabelos.

— Com licença, moça, vamos dar uma olhadinha?

— Não, obrigada – respondeu com um aceno; percebeu que a vendedora vestida numa polo branca com manchas nas axilas a olhou com estranhamento. O timbre, pensou, essa merda de timbre. Então nem vou na Kalunga, porque o jeito é esse mesmo, não consigo me livrar do timbre, não consigo me livrar da *coisa* nem desta merda de país consigo me livrar, eu devia ter ido para a Alemanha com a Talita, viu Rafael, se você reencarnar em mim, vá para a Alemanha com a Talita.

Andou mais para o meio do corredor, passou por um banco onde duas crianças se sentavam, a menina a olhou de cima a baixo, chegou a estreitar as pálpebras para detectar com firmeza o tique-taque dos sapatos, o balançar da mão, as unhas negras que desenhavam arcos no ar. Um vendedor parado em uma loja de produtos surfistas também perpassou os olhos por sua silhueta. E qual deles me amaria? A garota me amaria se eu fosse sua mãe, e esse apenas só quer saber da minha bunda e se realmente viesse falar comigo ainda poderia perguntar valores. É para isso que viverei, e por que continuo andando, por que minhas pernas não me obedecem?, eu me perguntava, Rafael, então penso se não me matei é porque aquele menino de dread e aquela menina magricela me olhavam. Óbvio que era o velho olhar de curiosidade, o povo deste país é o mais curioso do mundo, até eu mesma. Me lembro de uma noite em que Fábio estava aqui, sentávamos no sofá, eu deitava em seu peito, estava sem maquiagem como a grande maioria de nossos últimos encontros, uma manta baratinha nos cobria, assistíamos a alguma bobeira na televisão, era domingo, de repente, escutamos uma briga no prédio vizinho, levantamos num pulo como bons brasileiros curiosos. Como isso foi acabar, Rafael? Me explique. Mesmo quando eu era você, já nos diziam quão bondosos nós éramos, o que me deixou defensiva foi a vida, o resto, o depois de você.

Tornou à esquerda, olhou um café, três senhoras de blusinhas de seda tomavam cappuccinos, uma delas digitava ao celular com os óculos apoiados na ponte do nariz. Passou por uma escada rolante, um homem de verde cujos ombros muito pareciam os de Fábio fez seu coração disparar. Ela chacoalhou a cabeça e andou em direção ao estacionamento. Sentou-se em uma pequena escadaria que dava acesso a algum estoque, acendeu outro cigarro. Desejei que o homem de dread fosse até mim, Rafael, acredita que me tornei uma pessoa carente depois de Fábio, ele me deixou completamente doida. E onde será que ele está?, me pergunto. O dinheiro para ir até o Rio e procurá-lo eu tenho, mas não vejo mais graça em me matar por algum outro, olha só que trocadilho imbecil eu fiz. E não me matei.

Enquanto fumava ela pensava na carta de suicídio que deixara em cima da mesa em sua casa, então cobrou de si mesma de ser a mulher decidida que sempre fora. Acendeu outro cigarro na brasa deste último e desceu a rampa por onde os automóveis entravam, fixou o olhar na avenida e nos ônibus que passavam à sessenta quilômetros por hora, quase não piscava, somente suas pernas funcionavam, algumas lágrimas fujonas escorreram por sobre suas bochechas, lembrou de estar sem maquiagem e eu nunca saio de maquiagem, Rafael, nem você saía sem, lembra da época de escola? Quando às seis da manhã acordávamos, passávamos gel no cabelo e o penteava para o lado, um penteado bem militar como *ele* gostava. E íamos para a escola com a Giovanna, e quando chegávamos em sua casa, íamos até o banheiro, desfazíamos o topete já duro e o transformávamos numa perfeita e lisa franja, passávamos pó, lápis de olho, pintávamos a unha de preto, colocávamos lenços xadrez em volta do pescoço. E eu saí sem maquiagem, e não me matei, fui até a avenida, encarei um ônibus que vinha lá longe, cheguei a notar que era a linha que ia até o quilômetro 18, eis o título do ônibus que me mataria, porém deixei ele passar, a única coisa que o ônibus fez foi fazer meus cabelos voarem. Não me matei, Rafael. Voltei para casa e aqui estou, escrevendo a ti como se realmente fôssemos um só, pois tu também se fora. Se fora para que eu viesse e fosse feliz, penso se sentiria orgulho de mim, Rafael, por não ter me matado, ter voltado para esse apartamento; ou queria que eu me juntasse a ti? Ai do outro lado, na terra dos esquecidos.

Rafaella largou a caneta na mesa, levantou-se e foi até o banheiro atrás de papel higiênico; assoou o nariz e se encarou no espelho, sua bexiga se contraiu. Seus olhos caíram sobre seu abdômen, parecia que conseguia enxergar o percurso de sua urina, a bexiga arredondada, o líquido adentrando a uretra, passando pelas três fases, a prostática, a membranácea, quando chega pela glândula bulbouretral e, por fim, a esponjosa, onde a estrada tem sua parte mais longa, completando dezesseis centímetros de comprimento. Arrastou-se até o vaso sanitário, baixou a tampa e sentou-se; as coxas endureceram com o frio toque do plástico, Rafaella fechava os olhos e sentia a urina levar seu desconforto embora. Ouvia o barulho, imaginava, como sempre imaginava, alguém ouvindo em cima ou embaixo, o que pensam eles? A Rafaella é passável onde?, tive que ler, Rafael, um dia desses. A frase da carta ecoou em sua cabeça, então quis devanear de propósito: antes da urina sair por completo imaginou ser o cano do prédio, descendo por todos os andares, os apartamentos que conhece, de Rufião, de Yaní, Yaní, como não pensei nela, como não pensei *nisso*? Não olhou para baixo, como sentiu vontade, permaneceu de olhos fechados, sentia o calor do choro, o ferver de lágrimas, as coxas suavam no assento, a calcinha se esticava como uma prancha, presa às pernas que relaxavam em desânimo. Abriu os olhos e fungou o nariz com força; suspirou. Quando levantou, não teve jeito, o impulso animal a tomou quando o cós de sua calça de moletom prendeu-se em seu períneo, olhou para baixo, encarou de frente sua nêmesis e subiu as calças com toda força.

Recompôs-se em frente ao espelho, murmurou palavras de coragem, assoou o nariz outras três vezes. Andou até a sala com o cenho carregado, a boca crispada, a cabeça congelada numa só intenção. Reparou nas duas cartas, a que escrevera antes de sair para se matar e a que escrevia desde quando voltou por conta que não se matara. Guardou o caderno novo, a caneta e as folhas soltas da primeira carta dentro do buffet. Analisou-se no reflexo da janela, acendeu um cigarro e irrompeu pelo corredor. Com o mesmo olhar inflamado, Rafaella andou até o quarto, trocou de roupa, passou um batom, máscara e um perfume qualquer. Abriu uma das gavetas de sua cômoda, olhou três barras esverdeadas, pegou a maior delas. Saiu de seu apartamento alguns instantes depois, o rosto se desanuviou, no que alcançou o elevador.

Dois andares abaixo, Rafaella tocou uma campainha. Uma mulher de cigarro entre os lábios a recebeu animada:

— Nossa, menina; estava pensando em você agorinha! Vem, entra.

A mulher se chamava Yaní, era sua amiga há três anos, época em que Rafaella comprou o apartamento. Era exagerada, fofoqueira, olhos gregos espalhavam-se aqui e ali; Yaní sempre estava discursando contra as inimigas, o povo que quer saber de sua vida, as macumbas, as orações, as provocações.

— Rafa, aquele menino que jogou búzios para você aquele dia, lembra?

— Sim, mulher, o que tem?

— Depois me passa o WhatsApp dele, tô sentindo que Garcia fez amarração pra mim.

Na pausa das anedotas dos prédios, Rafaella ofereceu o quadrado esverdeado a Yaní.

— Ainda bem que cê trouxe, que tô numa seca danada menina...teu *dealer* é o Costela, é?

— Não, eu busco com meu irmão.

— Tu tem irmão, Rafa? Desde quando?

Contou sobre o irmão enquanto Yaní quebrava um pedaço do quadrado e jogava no crânio cheio de dentes de uma caveira. Quando apagaram os cigarros enrolados por Rafaella, calou-se. Bebiam cerveja, se ela for eu pego, se ela for eu pego, se ela for eu pego.

Yaní se levantou capenga, subiu o cós da calça que escorregara:

— Vou no banheiro, amiga, um minuto.

Rafaella não hesitou. Foi até o buffet do apartamento da amiga, olhou por uns segundos o porta-retrato, que exibia uma fotografia de Yaní com alguns membros do corpo médico do Portinari, hospital onde trabalhava desde 2010. Encarou-se no espelho, olhou para a porta do banheiro, baixou a vista até o feixe de luz baço que iluminava seus dedos do pé, abriu a porta do buffet com delicadeza, pegou uma maleta prateada, correu até a porta do apartamento, abriu-a, depositou a maleta embaixo do extintor de incêndio, e, por fim, voltou ao sofá. Acabava de programar o alarme do telefone quando Yaní voltou para o sofá.

— Eu jurava que tinha te contado, amiga.

— Não, amiga, não contou, não.

— Ou tu esqueceu, tabaqueira!

Riu, mas logo a boca se desfez, pois Yaní fechava os olhos com força por causa de um espirro.

— Nossa, vou mandar Tânia aspirar este tapete amanhã.

— Ai, amiga, acho que vou pegar Tânia para limpar lá em casa também, tô muito preguiçosa.

— Pega sim, amiga. Hmm, quer comer alguma coisa?

— Não, amiga, tô um pouco enjoada.

— Vai ficar grávida, vai, Rafa.

— Eu terminei com o Fábio, Yaní.

A mulher foi até a cozinha, abriu um pacote de bolachas, os farelos caíam no tapete basto.

— Mas continua atendendo, não continua?

— Continuo, menina, mas só na internet!

— Que bafo é esse, me conta!

— No Twitter, mulher, posto o *OnlyFans*, entendeu? Um dia mostro um peitinho, outro uma marquinha, e os bofe paga.

— Eu tô passada. É de graça para fazer isso daí? Eu já ouvi falar.

O telefone de Rafaella tocou; fingiu que atendia uma ligação.

— Cliente, amiga.

— Mas tu num tá no tal de *OnlyFans*?

— Hoje tô com vontade, amiga.

Saiu, deixando toda a alegria com Yaní e sua risadaria. Assim que voltou para casa, sentou-se em seu sofá, deixou as luzes apagadas, reparou com os olhos marejados cada espectro dos móveis, o azulado da noite que chegara, o pingar do tanque na lavanderia, as sombras das roupas no varal curto. Os dedos agarravam a alça da maleta, os joelhos tremiam, suspirou com força, soltou a maleta no chão de taco. Foi até a cozinha, abriu os armários e pegou garrafas de bebida. À meia-noite, Rafaella secou a garrafa de vinho; à uma e vinte e oito, metade do Veuve Clicquot, fumara o último cigarro do maço às duas, e às quatro e cinquenta e sete foi até o banheiro com a maleta.

Sentou-se no chão frio, permaneceu no silêncio por mais alguns minutos, prestou atenção na sinfonia morta do gotejar da calha, o ruído do portão do estacionamento se abrindo para algum trabalhador ir deixar se dominar e todo mundo se deixa dominar, onde eu gosto de ficar me mostrando na internet, longe de ser mulher pura, mas; e imaginava dentro do quarto, a tarde ensolarada entrava pela janela, o espelho a refletia da cabeça aos pés, vestia um robe de seda cor de avelã, tirava-o com delicadeza, dava três passos até o espelho, analisava primeiro o desenho que sombra e luz do sol fazia em seu lado direito, os dedos finos, as unhas sem esmalte, então as mãos, lentas e carinhosas, percorriam o seio pequeno, o umbigo e os pelos quase invisíveis que o rodeavam, a púbis enxuta, seu risco bem desenhado. Então se virava de costas e abaixava, projetando os glúteos em direção ao teto, olhava dentro da flor dos sonhos, sentia que o próprio mel a desejava. Levantou-se, acendeu a luz, desbloqueou o celular, digitou "drogas anestésicas", abriu a maleta, percorreu os olhos pelos compartimentos, as gazes, os algodões, seringas dentro de embalagens, mexeu no fundo enquanto esperava que um arquivo em pdf se abrisse, achou uma lâmina pequena dentro de um estojo, então a tirou e a levou até os olhos, suspirou novamente antes de voltar à tela do celular. Começou a comparar as substâncias com o que tinha na maleta, Desflurano, Se-Sevofluorano, não tem nada dessa merda aqui. Sentiu a cabeça pesar por conta da bebida que também a comandava.

Entrou no box com o bisturi em mãos, tirou toda a roupa, sentou-se sobre o ralo e olhou para nêmesis. A nêmesis que tentou ignorar por toda a vida: nêmesis era composto de um falo e um escroto. Rafaella abriu com facilidade, cortando a tela subcutânea e as fáscias seguintes em apenas três segundos, o sangue brotou como de um abacaxi suculento sendo espremido, sua mão logo se cobriu de vermelho, desceu o bisturi até quase o extremo do escroto. Levantou a lâmina, limpou as lágrimas com o dorso de sua mão, o cheiro e o gosto de ferro a entorpeceram. Com os indicadores abriu o corte como se estivesse a olhar dentro de uma bolsa. Viu nervuras azuladas, sentiu que isso nunca deveria estar em seu corpo, que isso jamais a mataria; sem tudo aquilo não morreria, morreria se tivesse de conviver com isso, todos os dias, há anos, isso aqui me mata se estiver aqui. Passou o bisturi pela túnica vaginal, então pelo testículo, então as nervuras, soltando o órgão como uma fruta que cai da árvore. O sangue criara uma poça no chão seco do box. Rafaella pegou o testículo e levantou-se cambaleante; abriu a porta do box, caiu sobre o tapete em frente à pia. Sua mão jogou aquela pequena parte de nêmesis no vaso; as últimas forças usou para apertar a descarga, então desmaiou.

O ENGODO DE LAURA

— E não está bom lá?

bom? claro que não, eu tenho que pagar sim, o teto, lavando para ela, passando para ela, separando as roupas dela e daquele porco do marido dela.

— Isso tudo é para te mostrar que você precisava tomar uma atitude, viu como eu sempre tive certa?

As duas mulheres caminhavam na direção duma lanchonete mequetrefe. Do lado esquerdo de quem entra, atrás de um balcão de vitrinas engorduras, dois homens trabalhavam de testas suadas em meio à fumaça de sanduíches. Um deles, delgado e jovem, atendia a freguesia homogênea do logradouro, olhou para Laura com risadas na mente.

— Bom dia.

— Eu quero um café - pediu Laura.

— Me vê uma coxinha, meu amor. – pediu Viviane.

Laura tornou bruscamente o rosto para a amiga assim que o rapaz foi-se em direção da prateada cafeteira industrial, os olhos miúdos, como quem desconfia.

— Que é Laura? – interrogou Viviane; a voz, três oitavas acima; as mãos acertando a alça da bolsa de modo que ficasse mais firme nos ombros.

— Prontinho, aqui tem açúcar e adoçante para a senhora escolher — disse o franzino no uniforme terracota após entregar um par de pires com os pedidos.

— Senhora? Acha que eu tenho quantos anos? – replicou Viviane, com um singelo biquinho.

Enquanto o outro praticava a adivinhação da idade alheia, Laura reparava na amiga externamente já que interiormente via Catarina dentro da cozinha, a mão na cintura, as unha pintadas em francesinha, o marido com um terno sentava na mesa, chorava e chorava e chorava eu não sabia nada, nem Catarina nada sabia, ele não contava, não abria a boca a louça na cuba tratava-se de três pratos com molho e pedacinhos de carne, oito garfos, duas colheres, seis copos e a frigideira com os queimados de fritura como uma areia de carvão por sobre o metal, Laura largou a esponja sobre os utensílios e prestou mais atenção na cena que só iniciava *Como eu vou falar alguma coisa se você não se acalma meu amor, Como vou me acalmar, Catarina?!, Calma Maurício, Desculpa, Laura, estou muito nervoso, Tudo bem, eu e Catarina entendemos.* A senhora do outro lado teve seus longos cabelos cor da lua chicoteando no ar, assim que três passos dera para ladear-se à Laura; pegara sua mão.

— Vamos sentar mais no fundo – então Viviane sussurrou: – Para esses homens não olharem muito pr' gente.

As mulheres sentaram-se uma de frente para a outra, deitaram as bolsas sobre as pernas e se armaram, uma de um guardanapo, outra de um saquinho de açúcar.

— Sei lá, Laura, às vezes acho que lá não está bom coisa nenhuma, fico vendo seu semblante, olha aí esse olhar triste, Deus me livre, não consegue disfarçar não.

— Nossa, exagerada, eu só estou com calor.

Viviane tornou um tanto o pescoço para trás, apontou para a fonte da praça.

— Ali, prontinho para tomar banho.

— Não pode tomar banho ali.

— E você acha que esse tanto de mendigo não tem graxa na pele por quê?

Laura reparou num monumento metálico, como dois grampos gigantes de papel que dançassem juntos. Três homens tomavam banho com a luz daquela manhã de dez de agosto deitados de olhos fechados, as roupas pretas e quentes, as peles imundas: poeira presa à semanas de suadeiras. *Laura, você poderia estar na rua.*

— Tá, não está bom. Anteontem o Maurício chegou chorando feito criança – deu mais um gole no café, olhou o céu amarelado. – Chegou tirando a gravata de qualquer jeito e jogando na mesa da cozinha, nem parecia o homem alegre que sorria daqui à aqui das primeiras semanas...

— Eu sabia! Eu te disse... olha Mainha sempre sábia: é uma maravilha nos primeiros dias; quando se mora na casa dos outros, espera o primeiro quilo de sal se acabar para ver.

— O pior é quando acaba o dinheiro para comprar o sal, como foi no meu caso.

— Como assim, menina?! – Viviane arrematava sua refeição engolindo a pontinha de massa que sobrara de sua coxinha.

— Deixa eu terminar de contar que você vai entender.

Viviane gesticulou com o guardanapo amassado entre os dedos:

— Vamos pagar e fumar e cê me explica isso direito.

— Eles brigaram e foi a primeira vez que eles brigaram na minha frente. Nunca vi Maurício tão nervoso, ele batia na mesa... o homem de terno afrouxava a gravata com dedos em gancho, a esposa de pele alva suspirava com força à guisa de chamar sua atenção. Laura mordia furtivamente a lateral de seu indicador, pensava nas noites coléricas que passara com Rubens [*Desgraça! Desgraça!* um homem robusto socava o aparador, um porta retrato calava-se de cara pro tapete, tampando a lembrança de sua lua-de-mel na praia de Santos. Laura chorava descontroladamente sentada no sofá de couro creme, o suor das mãos faziam as feridas recém marcadas em seu rosto arderem.] Maurício gritara novamente mas direcionado à esposa: *Cabô dinheiro Catarina, acabou salão, unha de gel, acabou aplicativozinho, acabou xampuzinho, acabou, já era. Régis me demitiu hoje* Catarina tapou a boca, apertou os dedos no pulso de Laura, esta, nauseabunda de seu mergulho nas lembranças do passado, desvencilhou-se e foi para o quarto que há duas semanas usava para descansarFui pro quarto e deixei eles brigando, aí fiquei ouvindo e chorando, morrendo de medo de ter que sair.

— Amiga do céu – disse Viviane soltando a fumaça do cigarro em direção ao toldo da entrada da lanchonete. Laura reparava na catedral da Sé.

se eu tivesse para onde ir eu iria querer ir embora mesmo Viviane está tão feia misericórdia como essa igreja é bonita tudo igualzinho as janelinhas iguaizinhas o que tem lá tem cá *vou ter que ir lá nessa tal de OAB, é ali na tal de Clóvis Beviláqua, fica bem amiga e me liga, hein!* ligo se eu precisar de ficar na sua casa mas aí que eu iria saber se você é amiga de verdade mesmo Viviane lá vai ela requebrando essa bunda para chamar atenção dos homens mas olha lá é os mendigos que olham ai eu amo e odeio essa palhaça vou fumar mais um cigarro só tem três merda não tenho a porra de um centavo para comprar outro não tem como eu não fumar com o tanto de nervoso que passo todo dia todo dia aquela porra de roupa as cuecas sou obrigada a lavar a cueca como empregada ele não vai comprar cigarro para mim ou compre porque é meio trouxa mas é melhor pedir o cigarro do que dinheiro porque dinheiro vai lembrar da demissão e isso é o que eu menos quero quanta gente sentada na entrada da igreja misericórdia olha que cabelo horroroso dessa neguinha parece um monte de cobra ah dona Laura agora você vai pegar trauma de negra porque seu marido fudeu com uma por meses meus parabéns vai se permitir virar um monstro vai se permitir se assemelhar a Rubens eu tenho que parar de falar comigo mesma porque é assim que começo a pensar que estou louca [Laura enfiava o rosto entre as coxas, balançava para frente e para trás sentada na beirada da cama] *Não posso pedir para ir embora, não posso, eu estou louca. Só quero dar uma de boazinha de preocupada é isso* que frio é esse é sempre frio dentro dessas estações é que também a gente vêm do calor não quer mais nada né [o chão da cozinha de Catarina, azulejos angélicos de tão limpos, os armários pretos e brancos, a cafeteira modernosa de cápsulas, a xícara de café frio de Mauricio] olha eu já sinto tristeza só de pensar em voltar para àquela casa como pode ter tanta gente à essa hora por um acaso tudo isso de gente entra no serviço às dez no centro não não se for isso que é vida boa desgraçados tão desgraçados quanto Maurício aquele infeliz que subiu na vida através de malandragem filho de uma puta se fudeu isso foi bom mas aí eu me fodi junto e aí que danou-se é graça demais por isso pode valer à pena sim sair daquele inferno meu celular tá vibrando é tá sim quem é número desconhecido de novo esse número desconhecido como eu tô gorda quase não passo na catraca parou inferno de celular nem crédito tem para mexer um pouco no face Catarina não me ligou na última vez que vim me encontrar com Viviane me ligou e olha que foi pra avisar que tinha feito a tal da torta ficou horrível aquela torta também ela compra frango no Barateiro antigo Barateiro aliás que agora tem outro nome que nem prestei atenção direito no novo nome que cheiro de pão de queijo ah sim é ali que homem bonito da desgraça mas me lembra demais de Rubens aí vai sua frouxa tudo te lembra ele nossa que vento que tem nessa estação meu Jesus pra ter um vento desse Olhou o mapa com todas as estações de trens e metrôs da cidade de São Paulo, Laura admirara as cores antes de sair montando na cabeça o esquema de seu percurso de volta à casa de Catarina e Maurício Amigos de cu é rola que aquela diaba veio já me cobrar de arrumar emprego isso antes do fedido ser mandado embora ainda bem que eu acho que Viviane me entende sempre teve ciúmes de Catarina desde que conheci ela mas ainda bem que ela sabe que Catarina que é a demônia ai tá vindo finalmente vai vim mais vento também nossa que frio da bexiga olha quanta gente tá lotado à essa hora meu pai do céu que ódio ir apertada nessa merda e ninguém vai levantar agora vou ter de ficar de pé vida desgraçada que inferno inferno inferno inferno queria gritar se eu pudesse eu berrava no meio desse povo olha só onde aquela mulher é velha pra estar sentada no banco preferencial é assim que que se fala do banco do metrô é igual fila de banco *Você vai tá cometendo uma loucura se você dar esse dinheiro a Rubens estou lhe dizendo* [Laura aguardava atrás de cinco pessoas com semblantes cansados, esfregava um palmo no outro olhando para a funcionária de trás do balcão, assim que chegou sua vez pediu para fazer o saque] bem que esse homem podia levantar tá de terno então vai ficar ou na República ou no Anhangabaú mesmo isso ia ser uma maravilha para eu poder sentar e ouvir minha rádio em paz e não pensar em nada vou até escutar outra não vou ouvir a Alpha porque ela vai me lembrar Rubens rapidinho um dos pontinhos verdes quebrou onde que é a estação que não enxergo meu pai na Santa Cecília Santa Cecília se apagou não existe a estação será que está em reforma ou é defeito mesmo mas num metrô do centro o governo tá pobre assim puta que pariu tá pior que eu então ai ele levantou

— Licença – a voz de Laura quase não saiu.

meu pai como o pacote dele tá marcando misericórdia moço vem mais pra cá ai não acredito que vou chorar não não isso limpa o olho que pegou nesse ferro sujo você Laura está um lixo está desordenada minha casa não tem jeito eu lembro das minhas coisinhas As lágrimas salgadas molharam os olhos de Laura, seu companheiro de banco olhou de canto, uma outra jovem de pé não disfarçara o reparo Porque é isso meu tesouro meu conforto tá dominado por um monstro se eu disser que não tô com saudade vou ser a maior mentirosa do mundo e também se disser que tô gostando de morar de favor na casa de amigos também agora vai é derreter a maquiagem e o povo vai ver as marcas que se foda que vejam que sintam dó de mim que eu gosto vou mentir se disser que não gosto mas porra porque ele tinha que fazer aquilo não adianta esconder de minha mesma que eu entendi que não entendi nada o porquê Rubens me arrebentou se eu fui a corna eu é que mais sofri era de se esperar um escândalo eu tinha de fazer qualquer mulher faria um escândalo se descobrisse um chifre ainda mais de meses aquela preta conquistou ele pela bunda pelo corpo pelo peito porque o rosto é horroroso e também porque é nova aquela praga deve ser muito mais jovem que eu só precisei ver uma foto para saber disso não quero nem escutar mais rádio não consigo prestar atenção em nada em nada em nada puta que pariu de novo essa merda de telefone desconhecido que porra que esse número me liga desde que saí de casa será que tem como bloquear esse número eu vou pedir para Maurício que ele entende de tudo dessa coisas de celular mas ele não tá com humor deve estar um saco como ontem ele vai demorar ainda muito para entender que tá desempregado nossa como é insistente essa pessoa essa pessoa será mesmo que é uma pessoa pode ser cobrança alguma coisa do meu nome que chegou conta e Rubens não pagou por vingança vou ter que tirar a Vivo de lá porque se não ele vai ficar usando meu nome e aí vou ficar mais fodida ainda porra mas se ele olhar e ver que eu tirei do meu nome ou sei lá acho que o técnico aparece para buscar os aparelhos provavelmente aí Rubens vai entender de vez que eu quero sumir mas é isso que ele quer duas semanas já dias semanas e ele sabe muito bem que estou na casa do amigo dele ex-amigo dele acredito será que Maurício fala com ele escondido no celular porra porque não pensei nisso agora deve estar falando com ele dizendo que foi demitido para pedir para eu voltar então por isso ele tá me ligando não Laura não esse desconhecido liga há mais de uma semana você é está tendo esperança isso sim está se iludindo ainda mais que ontem vi que ele me bloqueou eu não devia ter feito aquilo desbloqueado ele e pior que eu pedi pro Maurício ah eles estão se falando e o fedido do Maurício deve estar falando que era bom ter eu ali porque eu estava ajudando Catarina na casa porque isso coisa de homem não perdem a oportunidade de falar mal de mulher das esposas principalmente não é ele sua burra porque ele se fosse te ligar ligaria do número dele onde ele ia arrumar desconhecido a não ser que ele tenha colocado a preta dentro de casa ah eu não acredito que ele fez isso é óbvio está me ligando de outro celular para ela não descobrir que vem atrás de mim e colocou desconhecido para eu não retornar porque eu podia retornar e ela atender mas ia ser o máximo ah ia sim eu iria vomitar tudo na cara daquela desgraçada expulsar ela da minha casa e perdoar a merda do Rubens porque é isso que eu vou ter que fazer se quiser minhas coisas de volta a vagabunda dormindo na minha cama isso é um absurdo e um absurdo muito a cara do Rubens aquele fodido vai ficar ligando pra sempre de qualquer número de qualquer mulher porque não vou atender nunca daqui a pouco liga de novo pode apostar e eu não vou atender vou falar com Viviane se ela me negar de ficar na casa dela vou vomitar umas verdade também é vou ter que dar um jeito [o monumento feito por dois quadrados deficientes lado a lado, como dois gigantes grampos de papel que dançavam, um dos homens deitados cobria os olhos com o antebraço encardido] inferno que eu não sei o que eu vou fazer ah chegou a Júlio Prestes tomara que o trem esteja vazio porque quero sentar no banco mais do fundo possível e chorar sem ninguém me ver olha coitado do homem vendendo fone de ouvido podia ser eu agora e isso tá tão próximo de mim que parece que tá me seguindo isso não é pobreza é diferente de pobreza ou é uma fraqueza mesmo porque quem errou quem me fodeu está bem está com a amante no bem bom e eu que estou a um ponto de virar mendiga como os mendigos da praça da Sé como eu tô cansada só de subir essas escadas olha lá de novo tá ligando de novo bingo o mesmo número desconhecido não vou atender não vou porque eu tenho parar de me iludir tenho que dar um jeito de não morar na rua tenho que dar a volta por cima não é Rubens que me liga ele está apaixonado pela outra ele não quer saber de mim ele não ligaria pedindo para eu voltar mas se for eu volto vou ter que voltar não por ele mas pelo o que eu conquistei porque eu comprei muita coisa naquela casa

Laura parou de repente, Rubens veio em sua mente nitidamente como um fantasma de carne e ossos, sacou um lenço umedecido de dentro da sua bolsa, assoou o nariz e, antes de fechá-la para continuar caminhando, olhou seu telefone que brilhava no fundo. Atendeu:

— *Sabia que na nova promoção da Nextel é você em primeiro lugar? Continue na linha para saber de mais detalhes ou acesse nossas redes...*

MÁRCIA, RUA CAPITÃO-MOR AGUIAR ALTERO

Para Jéssica Araújo e Rebeca Lisboa.

Parecia o interior da compaixão de uma ninfa d'água, o brilho madrepérola, amarelo ouro, velho em suas bordas e recém cunhado no âmago, mínimos fios de âmbar, tudo mesclado numa oval brilhante, na boca da concha mas sem o cheiro de mar; apenas um cheiro branco, asséptico, o oceano era de uma água sabor hortelã dentro de minha bocarra. Através das lentes dos óculos salpicados de pasta via o centro da concha, era alva, uma lua cheia pregada na noite sépia de um verão, tão instintiva que fitava minha alma e meus créditos através da dor de minhas pupilas *Sua mãe se descuidou porque quis, Luís Antônio, dei tanto dinheiro à ela que já estaria um tetéu, e não ia ter essas reclamações todas* Reclamo porque o espelho reclama, Itapuã.

Se sentir uma dorzinha talvez não seja manchinha, aí já é cárie mesmo, se sentir, só levantar a mãozinha, tá bom?

Chegando em casa sentaria e num suspiro preparar-me-ia para a casa me engolir. Havia deixado café pronto para mim na garrafa *Só você mesmo, hein, Márcia? Só você se enche de café e cigarro depois de vir de uma limpeza no dentista* Se foi limpo então é para que se torne sujo novamente, responderia. A barriga; o espelho foi de um salto e ao ricochetear no fundo de meu crânio trouxera-me a barriga. O vapor da água quente, o box grafite, a barriga branca, salpicada com manchinhas como areia molhada da praia ao esfarelar-se sobre tua pele. *Quem diria, Márcia, que a bonitinha dos Remédios hoje seria a tia do salpicão? há-há-há!, lembro de Ireninha dizendo 'tu experimentou o salpicão de Márcia?'*

Podemos começar o canal no seu dentinho traseiro, seu molar?

Tu tá com o dente esburacado, Márcia. Dá pra ver de longe, principalmente quando ri mais Nilza depois de ter comido pão! Abri os olhos, a coreana sumiu de minha visão periférica. A luz da madrepérola grudou na retina, a doutora era verde, costas curvadas e verdes, chacoalhando gavetas *Mãe! Para!*, Luís me segurava e eu o estapeava e abria e fechava as gavetas; o impacto, o ruído violento e a vontade de cada vez mais bater, dilacerar e chorar; que a dor nos percorre de dentro para fora às vezes. *Itapuã te bateu?* Dor. O braço e os dedos perfurantes, patas de aranha cor de cobre, os olhos de fúria cor de pimenta moça, a baba e o odor de um gás alcóolico vindo de seus xingamentos *Eu comi porque tu é uma pedra em meu sapato! Já basta o tapa de 2001, Márcia!, Itapuã já foi visto com Nilzinha desde que Luisinho estudava mais Glorinha, faz é anos!* A coreana pegou uma seringa sinistra e de ferro, grossa como os dedos cravados em carne de Itapuã *Por favor, me larga* eram como a boca de uma armadilha de urso. *Olha como tu está gorda, vamos chegar no churrasco e mainha vai falar na frente de todos; Itapuã bebeu e ligou para aquela velha interesseira da mãe dele, disse que vai dar uma geladeira pra ela.*

Vou aplicar a anestesia, tudo bem?

a agulha fina perfurou a gengiva, o líquido preencheu meu céu da boca, meu lábio de cima e de baixo, meu queixo; me acariciou e acalentou, cada vez mais terno, dormente, indiferente, cada morrer de um e nascer de outro, coisa de segundo; a dor ali não mais haveria. A doutora começou a cutucar com um delgado palito de aço meu buraco enegrecido que não mais me doía, como mágica. Poderia ali fazer o que bem entendesse, o descanso e o descaso era tanto que minha batalha interminável contra meu nervo exposto se tornara uma batalha contra o sono *Do que adianta cutucar o miolo com o palito de dente agora, Márcia? Vai ser sempre assim? Você não percebe, não percebe nada. Não percebeu quando eu percebi que Luisinho era baitola. Odeio quando você chama ele assim, Quer que eu chame de que, Márcia? De Luísa?* de repente uma dor aguda, era a rebelião do nervo, era o marido que, se fosse embora, anestesiando a esposa, num decorrer de horas havia de voltar armado de uma facada. Levantei a mão. Mão enrugada, a unhas cruas, cor de frango *Sua mãe é tão branca que se cortar o dedo e tu abrir assim, vai ver que é cor de frango.*

Quer que aplique mais anestesia, dona Márcia?

decidi dizer não. Queria saber se conseguiria enfrentar Itapuã *Pois é, meu filhão, sua mãe branquinha não resistiu ao moreno regueiro de São Luís* ela continuou cutucando. Voltou à gaveta, revirando-a mais uma vez. A criatura mascarada (são tantos nessa cidade) retornou com uma lixa barulhenta: Asmodeu dos pacientes fracos do profissional dentista. Mas eu não tinha medo.

Sabe qual é meu medo, Márcia? Ver Luizinho arrebentado na rua, por sua culpa, Márcia Por que você faz xixi sentada mamãe e eu em pé? Queria fazer xixi sentado, é quentinho Era meu filho, um anão de cabelo tigela, os olhinhos estufados; abaixo do meu nariz: a barriga cobria tudo, até minha vulva que sentia tanto a falta de Itapuã; depois, claro, das estrias *Esburacada essa sua coxa, tu num era assim* depois que a barriga nunca mais deixou de gerar, Itapuã quis fugir ali.

Está sentindo algo dona Márcia?

De novo: não. Sentia na cabeça, na goela ao lembrar da armadilha de urso.

De volta à gaveta; ressurgiu com um pedaço ruidoso de bexiga verde, o cheiro de cirurgia vinha espesso do lasco de borracha verde de bexiga. Sobre a luva polvilhada que cobria os pulsos da doutora havia um quadrado de plástico tão verde quanto alguma bexiga de alguma festa de aniversário de Luís. A borracha asséptica feita do sangue da árvore, sangra e o sangue vira tudo, menos gotas no chão da floresta. *O irmão de Itapuã está doente com meningite Nilza Também, minha amiga, Luís não sai daqueles matos* Ela, a coreana, esticou a bexiga em meu rosto.

Abre mais a boquinha, dona Márcia.

Cortou um pedaço e abraçou meu molar com um colar de ferro. Enforcou meu dente como os dedos, a armadilha de Itapuã na minha goela, eu batia as gavetas, com força e o barulho e com a sensação do impacto; era bom. *Ele é mocinha por tua causa, Márcia! Ele dá o buraco dele por tua causa, Márcia!*

Cobriu meus olhos com a bexiga verde, via parcialmente a madrepérola, mas havia muito que já estava cega.

A água era jogada, suculenta de hortelã; então era a apoteose dos dentistas: a coreana ligou um tubo que sugava minha saliva, se armou com a lixa e o palito de aço. A dor aguda voltou. Apostei que se a aguentasse aguentaria Itapuã. A dor era um espasmo que me acertava a mandíbula, sentia-a no osso. A bexiga a deixava focada no molar, nada mais ali interessaria, só o molar, somente matar a dor; isso, matar a dor. Era o foco daquela tarde; o meu e o dela.

A lixa fazia-me tremer. A bexiga e a orquestra de limpeza dental me distraíram. Parecia que nem Itapuã, nem Luís existiam, Nilza? nem sei: só sabia de hortelã molhando minha garganta; engolia e mexia um tanto o pulso da doutora e a dor voltava como um relampejo. *O que você sofre, Márcia, é um relacionamento abusivo, a situação em que a mulher sente e percebe como a dor emocional é pior que a dor carnal, que a dor física! Estou com uma dor de dente lascada Pronto, agora vou ter que tirar dinheiro do cu? Hein, Márcia?! Vai fazer meu arroz! olha rapaz, é só comigo isso. Chego para o almoço, tomei café nem nada, e nem salada tem? Contei isso pra Marcinho e ele disse: é memo? E eu: pois é, Marcinho. Olha, sinceramente, Márcia, tu é uma vergonha de mulher, mãezinha chora porque estou longe e nesse sofrimento* Eu no banheiro, abro o box grafite, o espelho graças a Deus está embaçado, me tateio e minha mão sobe e desce, as lágrimas apenas descem *Você só chora, por isso seu filho é o que é*

Estamos quase acabando, dona Márcia; agora só vou aplicar o material. Mantenha, por favor a boca assim.

Fechei os olhos. Senti um sono que há dois dias atrás tinha fugido de mim; só havia dor, uma dor inflada que torcia minha mandíbula, tirava-me a concentração; como se não bastasse dor naquela casa. Mas ali não sentia nada; lábio, nem minha narina esquerda, sentia torpor, até o pescoço. Itapuã poderia romper naquele instante e me apertar; sobreviveria.

O material era amargo, amargou minha garganta. *Por que cuspiu? Tu num é mulher? Tem que gostar disso Olha lá a girafa*, Luisinho era o anãozinho de mãos dadas com Itapuã de peito peludo; o urso que usa a armadilha de urso. Estávamos no zoológico, foi só aquela vez. *Tanto tempo que não vejo bicho, nego É memo? Eu via de tudo em São Luís O que já viu mamãe? Ah, meu filho, na chácara de teu avô uma vez um cavalo me cuspiu na cara* O amargo era intenso e se grudava em minha goela. A coreana se armava de uma pistola de luz azul quando abri meus olhos. Mas a água refrescante de hortelã retornou, o rio lavou. *Olha o jacaré na beira do riozinho, parece tua avó Itapuã?! Tô brincando, benzinho, olha Márcia, como que eles conseguem fazer um laguinho artificial que parece de verdade? Seu casamento é uma mentira, minha amiga, você tem que aceitar isso.*

Pode cuspir

a doutora desatou o dente e tirou a bexiga, me curvei e cuspi na bacia branca, não sentia nada na boca, sentia meu busto farto de encontro com a pia de porcelana.

Terminamos daqui a quinze dias, tudo bem, dona Márcia? Aí fazemos a restauração. Vai ficar com o curativo durante esse período. Mas pode ficar tranquila que doer não vai mais.

Saí calada da sala, fui calada para a recepção, paguei calada. - Uma hora sem comer, muito obrigada. - Respondi calada e fui calada para casa. Entrei calada, abri as gavetas cheias de Itapuã, joguei o conteúdo destas pelo quintal, então as calei enfiando-as nas bocas da cômoda, o barulho acordou Luís Antônio, ele e seu shorts curto apareceram: – O que está fazendo, sua louca? – respondi calada e continuei jogando as peças que montavam Itapuã no quintal, as pernas, o pinto, os braços, os óculos escuros que usava para olhar Nilza, sempre calado, sempre. Tomei café e fumei dois cigarros seguidos; fui até Luís– Suma. Pode sumir. Eu deixo, vá viver sua vida, não vou mais te prender. Tem meia-hora, vá para onde quiser. – E ele foi. Com um sorriso, calado; nem adeus, nem obrigado, nem um não, muito menos um fico. Uma hora depois eu comia pudim do natal enquanto assistia ao programa que vendia joias, no mudo. Itapuã batia à porta e xingou após perceber que estava trancada. Eu continuei calada, esperei, até ouvir: – Se é isso que você quer, então será. Vai tomar no seu cu, Márcia! pois saiba que eu já estava pensando nisso, você me fez é um favor, cara! hoje foi dia de pagamento, otária, vou é gastar tudinho no motel com

Nilza. – Depois vieram os lamentos dos tecidos sendo postos em sacolas. Se foi. O nervo se foi.

Duas semanas depois voltei à doutora coreana.

— Sentiu dor, dona Márcia?

— Não, doutora, não sinto mais dor alguma.

São Paulo, 2019

EXU QUER SE MUDAR

Para Anderson Prado,
aprazível voz de mesma frequência
que encontrei no enxame

1

Como me incomodava. Além de roubar-me quase todo o sol também entupia-me a boca com folhas secas. Ela é que não deveria estar aqui. Meu lugar é na porta, ela que tivesse se elevado aos céus noutro canto. Ninguém me convencerá que *ela* é na verdade *ele*; não não não; minha convicção é única: falo todas a línguas, já andei por todos os caminhos do Ayê[6] e sempre me disseram mais pra *ela* do que pra *ele*. Sou a boca do mundo então o que eu falo já falaram e o que falei falarão. Se essa postura é magistral como alguns dizem - os braços abertos, os cabelos suculentos de clorofila - Ah, filhos, o sol adora vê-la verde que só ela. Não é ele.Os Donos mesmos: uns dizem Ossain[7], outros dizem Ossanha; nem eles mesmos, que nos inventaram, sabem se é homem, mulher ou pássaro. Minha reclamação é válida e falarei no merindilogun[8], gritarei, se preciso: mudem-me de lugar, isso, mais à esquerda; já que me montaram com a cara para cima então me deixem ter o direito de esquentar a cara. Não sabiam que ter búzios no lugar dos olhos faz com que a água acumule? Embaça tudo! É o que acontece para que eu não enxergue quando um filho seu é assaltado, ou quando deixo alguém que busca uma briga entrar na Casa de meu irmão. Não interessa que vão ter que me desenterrar, sou mais que amigo das Oxorongá[9], não me preocupo com vísceras;e sou assim com as três, hein? Vem chegando alguém à estrada; certo, agora, como essa vagabunda quer que eu fique vigiando sua porteira com esse incômodo de árvore em cima de mim? O frio, senhora Yalorixá, dá

---

[6] "terra" em Iorubá. (todas as notas são do autor)

[7] divindade daomeniana cujo domínio seriam as folhas e ervas.

[8] termo em Iorubá para designar o jogo de búzios. Origem em Eríndilogun cuja tradução seria dezesseis.

[9] sacralização da máxima feminina no panteão candomblecista. A alusão de Onã refere-se às vísceras utilizadas nas oferendas para as Oxorongá.

preguiça. Não, não aprendeu direito; sabe o que vou fazer? Vou é falar no merindilogun de seu pai. *Iná Iná mójubà, é mójubà*[10]... É, ela esqueceu. Sinto falta de dois séculos atrás, tempos onde filhos de santo sabiam o significado da palavra *inã*[11]. Cultuam o orixá que introduziu a fala, a comunicação (me, moi, yo, ich...) e mal sabem a língua ritual. Onde está o fogo? Quer-me frio como o Velho[12]. Ouço solas a pressionar as pedrinhas da estrada. Ah, sim: Jessica Garcia Vieira filha de Nanã 23/4/94[13] conversando com Gleice Rodrigues Costa filha de Oyá 12/2/92, então vêm para ajudar? Terá função? Seria mais fácil de querer saber de seus rituais se estivesse calmo. Mas concordo que me acostumei mal, quando alguém come ou eu como junto ou sofra com minhas brincadeiras. Às vezes, indago-me onde seriam aprazíveis esses, os Donos, depois de tantos milênios. Só continuo por ter ciência de que são assim por minha conta. Desde que tudo isso aqui foi criado eu espalhei desordem. Já sabem a maior parte delas: minha fome imensa; quando troquei tudo de lugar; naquela vez em que instaurei um pandemônio numa cidadezinha; não posso deixar de citar a vez que enganei Yemonjá, Oyá e Oxum... Bem, eu fiz de tudo para que fossem felizes, pelo menos felizes, mas foi quando a farinha de trigo sujou a história da África: muitos de nossos filhos ficariam preguiçosos e prefeririam adorar outro deus, cuja liturgia os controla demais. Vejam bem se eu merecia essa árvore insuportável tapando-me inteiro: Exu, meus queridos, é a lábia, a lascívia, o tremer, o toque do veludo, o cheiro da carne salgada sobre o fogo, o sabor da rosa, o tesão de noventa graus, o arrepiar do samba, o beijo que escorre, a sede que mata, a pedra sob o calcanhar, a vontade de enganar,

---

[10] cantiga de Exu

[11] fogo

[12] aqui Onã alude a Oxalufan, orixá cujos rituais são considerados "frios" por não envolverem azeite de dendê

[13] nas religiões afro-brasileiras Exu é considerado o detentor do jogo de búzios. É comum, no início de uma consulta, do sacerdote ou sacerdotisa solicitar o nome inteiro e a data de nascimento do consulente para Exu "ouvir" e trazer as respostas dos orixás

o olhar instigante, o seduzir pela dança, a faca de defesa, o hálito do prazer, o morno do quarto, o papel do cartório, o advogado do errado, o gozo do gastar, a mentira repentina, a liberdade de pensar, a individualidade do retorno, o primeiro pássaro sem asas, o dono das línguas ferinas, o fogo que não queima, a esfera, a espada, a terra. Sendo assim quis o humano feliz. Por isso continuo com eles, por isso ainda estou aqui com Carolina. Aliás, onde estará ela? Deve fofocar pela cozinha. Gostaria muito de enxergar mas só vejo metade céu, metade estas folhas enjoadas. Hoje na primeira cliente ela não me escapa. Se for muito teimosa falo por Okánran[14] três vezes. Ikú[15]? Eu convenço-o a procurar outra leva. O grande portão cinzento se abre, desenha um semicírculo sobre meus olhos e bate na parede de blocos, lascas caem em minhas boca funda e circular. Se tivesse tímpanos, estaria surdo já há bons meses com essas batidas de portão corriqueiras. Bando de filho de santo cego essa menina tem, nunca prestam atenção em mim. Além de falantes,sempre falantes. Gleice Rodrigues Costa filha de Oyá 12/2/92 tenta convencer a irmã de santo de que não beijara Felipe Melo Castelo filho de Oxoguian 10/6/90 nos últimos festejos de meu irmão Ogún. Pegam uma quartinha[16] de barro, pois escuto os ruídos, a água que está dentro jogam na estrada, ouço a areia molhar, imagino com os olhos dos tantos espíritos que aqui são moradores. Estou faminto. Se tivesse estômago o ronco seria demasiado alto ao ponto dessa esquecida pensar se tratar de um Orixá qualquer que dera *ilá*[17] pelo ilê. Nem olham para mim, passam pois sinto seus pés com os ouvidos. Somem pela chácara.

Esperei até à noite. Planejei-me para depois de Egún[18] passar. Um bom número de filhos chegara às sete; favorável estava para me

[14] Odú representado pelo número um

[15] divindade iorubana da morte

[16] vaso de barro utilizado nos rituais de candomblé

[17] um orixá ao manifestar em seu filho costuma emitir um som característico, fenômeno chamado de ilá

[18] Babá Egún, divindade máxima no culto aos egúns (mortos)

divertir, não irei mentir. O pai da mentira é o branco, ou tem rosto de bode, ou é escamoso... Cão? Eles nunca se decidem, sempre dizem que o Inimigo sou eu... Eles são assim, eu e o João portador de uma colher de maconha; ambos somos negros. Sinceramente, esse Lúcio ou algo do tipo nada tem de ver comigo. O que é o mal? A vida dos Donos todos poderia ser resumida em um ditado de minha terra-porto: toma lá, dá cá. Um pequeno grupo de filhos (os mais quentes e barulhentos) decidiram fumar cigarros e destilar olorogún entre os irmãos. De novo, eusó enxergava a grande noite. A presença somente se dava para por conta das fumaças. Aproveito para chamar qualquer entidade que ali estivesse. Os Donos não as veem mesmo. Ei, psiu!, Babá Onã!, Ah, és um exu-mirim, Estou catando guimbas, Axé! muito bom, mas agora faça o seguinte, Mas cato guimbas no momento..., Desligue a chave de luz, É muito alta, Peça alguém para te levantar, outro como você, Vou derrubar alguma coisa, sou desastrado, Não repetirei, menino. Tão medroso; foi de imediato, mesmo teimando. Então falei para essa Yalorixá preguiçosa em seus búzios, aproveitando que jogava para a mãe de um filho de santo que aparecera como visitante: me mude de lugar, longe de Ossain, embaixo de sol. Mas meu pai, exu, o pai Edgar ordenou para que eu lhe escondesse do sol, pai, ouvi ela dizer; ultimei-a: Mude-me e me dê de comer ou vou brincar um pouco com seus filhos.

2

— O que foi mãe?

— Não filha é que Onã[19] apareceu no seu jogo, mas é coisa da casa...

— Onã?

— É o exu do portão.

— Ele não está me avisando de algo não, mãe?

— Não, não, coisa da casa, não é, Henrique?

— É, mãe, fica despreocupada. Às vezes, as entidades assentadas da casa falam com a mãe de santo nos búzios, é muito comum; meu pai Erinlé[20] pediu para vestir na festa do pai da casa assim, no jogo de uma cliente.

— Não te falei? – disse Carolina.

Por alguns instantes ficou observando a idosa rechonchuda que sentava do outro lado da mesa, a tez desta murchou com o alívio, um sorriso esboçou-se entre as rugas. Até então, a mãe de santo estava nervosa por atender à mãe de Henrique: " Dona de uma franquia de peixarias; peixarias: ama peixes de água doce, ela disse; minha mãe Oxum obrigada obrigada obrigada!", pensou no banheiro antes de sentar à mesa de búzios. A alegria era grande visto a idosa ser a primeira milionária a pisar no templo. Contudo, seu coração se acalmou como se os tantos orixás assentados no cômodo tivessem postado a mão em seu ombro. O sorriso de alívio da consulente deu forças para que ela continuasse.

No que a Yalorixá entrava em catarse graças ao o jogo de búzios de sua vida, seus filhos, por outro lado, flanavam pelo terreiro, alguns tranquilos, outros perdidos nos telefones, outros fumando e tomando café como loucos na entrada da roça. Jéssica,

---

[19] um dos avatares / nomes de Exu; significa senhor dos caminhos

[20] divindade do panteão dos caçadores

uma menina de bochechas fartas e cabelos escorridos, era vidrada em sobrenaturalidade. Com anedotas falsas, tentava amedrontar os irmãos que aparentavam ser os mais assustados.

— Vai, Valéria! Desce lá! Tem que pegar o pano, é sério, mano, na moral, Valerinha.

— Vai você, menina. Eu tô com dor nas costas, eu é que não vou ficar baixando para passar no Babá.

— *Ekê*[21] isso aí, hein, Valéria. – disse Gleice, soltando fumaça pela boca enquanto andava para lá e para cá. – É que Jessica tá sem celular, não deve ter visto, mas Valéria postou no grupo da Casa hoje de manhã: "não que eu acordei animada, tô indo pra função feliz, fiz academia de manhã." Sabe o que é isso? Filha de Odé[22] o nome.

— Epahey!![23] – Este foi o uníssono dos irmãos em resposta.

— Vai falar nada não, Valéria? – quis saber Telma, a única Ekedi[24] presente no grupo.

— Mas tinha de ser de Oxoguian[25], adora olorogún mesmo, hein, mãe? – gritou Fábio, o único ogã[26] da casa.

— Vou lá buscar o pano – murmurou Valéria.

— É o quê, menina? – vociferou Gleice.

— Motumbá[27], mãe – replicou Valéria abaixando-se solenemente perante a irmã mais velha, que tomou isso como provocação.

— Calma, não tá vendo que a menina ficou triste? – interviu Christian, um jovem perspicaz que até então só observava os diálogos.

Gleice bufou e deu alguns passos em direção à estrada de terra banhada pela lua.

---

[21] mentira
[22] caçador
[23] saudação do orixá Oyá
[24] "camareira" do orixá. Mulheres que não manifestam; os "olhos" do pai ou da mãe de santo
[25] divindade nigeriana; rei de Ejibô
[26] homem que não manifesta; responsável pelo atabaque
[27] modo de pedir benção no candomblé de nação Ketu

Valéria há muito já havia descido em direção a um tanque feito de pedra que ficava aos fundos do barracão, de frente ao temido Igbo[28].

O terreiro de mãe Carolina era uma chácara de dois mil metros quadrados, três anos de vida, vinte e oito filhos de santo. Se compararmos às centenárias do Nordeste, teremos aqui uma jovem casa de candomblé. As antigas, claro, também tiveram essa fase; todas passam, só mudam a data e o século. Por ser de recente inauguração, o ilé vasto de Carolina ainda carecia de construções, quartos de santo, cozinhas e outras edificações que facilitassem o dia-a-dia do terreiro. O templo se limitava a um barracão de paredes de bloco, quatro quartos contíguos no mesmo estado, sendo dois para rituais e dois para pernoites (Carolina dormia em sua casa a alguns quilômetros de distância da roça), uma cozinha e seu tanque a céu aberto nos fundos. O restante do terreno tratava-se do gigantesco Igbo e da casa de Babá: o cômodo que mesmo se construído a ouro seria decrépito e imantado de sombras. Nada mal para o quarto que guarda a morte dentro de uma casa de candomblé.

A luz amarela da lâmpada empoeirada apenas destacava as primeiras árvores do Igbo e parte da Casa de Babá. Ciente de que encontraria a cena medonha, Valéria correu com passinhos curtos assim que viu o tanque. O "pano" era um quadrado de renda que estava torcido ao lado da torneira. A menina franzinaficou de costas para a Casa de Babá, pegou no pano e percebeu o quanto ele ainda estava encharcado. Suspirou de olhos fechados. Então iniciou a torção do pesado e grosso tecido, até as mãos avermelharem, até água amortecer as pontas dos dedos. Pressentiu que alguém vinha em direção aos fundos; não se importou de primeira, sabia que a casa estava cheia. Ao terminar, suspirou mais uma vez, tornou à direita, visualizou o caminho de volta, ignorou a tentação de olhar para a Casa de Babá. "Não

[28] floresta

me abaixei", pensou aflita. Mas continuou sua corridinha, até que, prestes a virar na esquina do barracão ouviu uma madeira ruidosa e reclamona gritar às suas costas. Estacou. O suor escorreu, frio, de sua axila até o cós da saia. "A porta do Babá é de madeira?"; não queria nem lembrar nem se convencer. Mesmo assim, olhou.

Primeiro esperou os olhos se acostumarem com o mar de árvores, então achou o decrépito cômodo em madeira perdido entre elas.Valéria reparou que a parede parecia diferente: a textura não era a da folha fina de madeirite usada na concepção do cômodo, mas de tábuas delgadas e velhas, riscadas e enegrecidas; como as da *porta.* "Se a porta cobre a parede, então a porta...", achou que pensou. Onde a porta deveria estar havia apenas uma escuridão, um convite, um calor que se aproximou de Valéria.

Correu.

Retornou junto a seus irmãos de santo, porém estava ofegante demais para soltar a novidade de uma vez: a iaô apoiou em Gleice e recebeu um olhar desconfiado em resposta.

— Mãe Gleice, é sério!

— O que foi, menina? - quis saber Christian. – Você está branca!

Valéria não conseguia falar, apenas dava passos em falso. Gleice percebeu o desmaio:

— Oxê, menina! – pôs o cigarro na boca e a segurou no ar.

— Desmaiou, foi?

— Bolar[29] que não bolou, né, Christian, a menina já raspou, me ajuda aqui.

Deitaram-na no gramado, próximo ao assentamento de Onã, um rosto feito de argila, rodeado por talheres e lanças de ferro, olhos e nariz feitos com búzios enterrados.

---

[29] manifestação explícita da vontade do orixá para que seu filho seja iniciado. Geralmente ocorre um desmaio, ou a pessoa definitivamente rola sobre o chão. Fenômeno comumente chamado de "bolar"

Assim que Ogã Fábio tomou ciência do desmaio e fez menção de se deslocar, a luz se apagou. Todo o terreno foi engolido por um breu.

— Eita, Laroyê![30] – gritou Christian

Os filhos de santo tentavam se localizar na penumbra, viravam o pescoço em todas as direções à espera do acalmar de suas retinas ou da ajuda da luz quase nula da noite. O silêncio dominou os primeiros instantes de adequação, as vozes sumiram, comum de acontecer aos humanos quando vistos numa escuridão repentina. O chacoalhar dos búzios da Yalorixá silenciaram, no quarto de Ogun nenhuma palavra era dita. Vieram os cochichos.

— Vamos atrás da mãe?

— Por que tá cochichando Christian? Eu, hein, viado, fala normal! – disse Gleice, tentando enxergar alguém próximo.

— Jéssica, pai Fábio, alguém? Vocês tão aí?

— Gleice, eles não tão respondendo.

— Calma, mano...

— Gleice, eles estavam na porta do barracão. Como eles não iam escutar essa sua voz de búfala?

A ebomi[31] se guardou em silêncio e isso amedrontou mais ainda nosso amigo Christian. Bom conhecedor de Gleice, ele sabia que a filha de Iansã não responder a algo somente poderia significar duas coisas: cólera ou medo.

— Gleice, vamos sair daqui?

— E a Valéria? Você, magrinho desse jeito, não vai conseguir carregar sozinho, vou ter que ajudar, né ?.

— Por que tá nervosa?

— Não tô nervosa. Vamos lá pro barracão; é só andar em frente, pai Fábio deve ter entrado para ver a mãe.

— Pega os braços! – disse Christian, alçando as pernas de Valéria.

---

[30] saudação de Exu

[31] irmã mais velha. O filho de santo que passa de sete anos de iniciação e passa pela obrigação solicitada para a graduação recebe o título de "ebomi"

— Ah, ela é levinha... Viado, cuidado a saia vai cair, vai mostrar a bunda da menina.

— A luz acabou, Gleice.

— Cadê a voz do pai Fábio? Um vozeirão daqueles já daria para escutar daqui. - disfarçou a ebomi.

— Aqui onde? Não tô enxergando nada.

— Christian, eu tô com medo!

— Nossa, me deixou mais feliz agora. Fudeu mesmo, se você está com medo...

Então Gleice soltou um grito. A desfalecida de um repente começou a chacoalhar os braços e pernas de modo a fugir do domínio dos irmãos; Christian, com o susto, largou-a no chão de qualquer maneira. O que se seguiu foi os dois verem um espectro fugindo rumo ao Igbo, então os barulhos das folhas secas se quebrando conforme seus passos iam se afastando.

— Foi para os fundos?

Gleice esticou sua mão esquerda; sentiu a palmeira.

— Já estamos no mariô[32], só mais uns passos e já vamos ver o barracão.

— Gleice, eu tô falando da menina que acabou de incorporar coisa ruim e correu para o Igbo.

— Meus olhos já se acostumaram, e os seus? Olha, o céu é mais azul, vem...

Christian a segurou pelos pulsos.

— Mulher, calma. Nem parece macumbeira, assim você me preocupa. Vai, vamos lá avisar a mãe que a estranhinha pegou Egún e está tudo resolvido.

Assim fizeram. Com as mãos dadas e como cegos foram dando passos largos em direção à escuridão quadrada que depois se revelou ser o barracão. Entraram pela porta e deram de cara com o salão vazio. O primeiro estranhamento foi ao perceberem que a luz que iluminava os fundos do terreno, o Igbo, ainda estava acesa.

[32] palmeira cujo óleo de dendê é originado

— Oxe, como que eu não vi essa lâmpada lá fora? – indagou-se Christian.

Ligeiro , Gleice correu em direção ao curto corredor, bateu na porta do quarto de Ogun. Ninguém respondeu. Abriu e deu de cara com a penumbra de um quarto com as janelas fechadas. "A mãe de santo está brincando com a gente. Deve ter combinado com a menina. Que sem graça; deve ser coisa de Fábio. Mas a janela... a janela tava aberta que eu vi, não tô louca", pensou.

Segurando com os lábios seu fio-de-conta feito em âmbar, a pensativa Gleice tornou ao salão. Christian, em silêncio, bisbilhotava pela janela os fundos do terreno. Gleice se aproximou e esticou o pescoço por sobre o ombro do irmão de santo. Então viu o que ele via: uma horda de mortos, em frangalhos, olhava fixamente para o barracão; não se moviam. Apenas estatelados, frios e eretos, examinavam os rostos de Gleice e Christian pela janela.

SANGRIA NUMA NOITE DE BAHIA.

Diadonísio e Serafim, essa era as graça dos capanga de Gilberto, que estavam a segura José Nazareno pelos braço; ele mordiscava os lábio, se debatendo mas sem sucesso de soltura, tamanha força dos cabra. As muié e os cliente começo tudo a olhar de canto, alguns até se atumultuaro perto pra enxerga a situação com atenção. Gilberto, bobo nem nada, ia faze aproveito dos espectadores pra espalha sua fama de chefe de esquinas. Os zoim do Zé se apertava numa junção de sentimento, coisa braba, vice: era uma eletricidade percorrendo o couro. Tinha raiva e medo nas mesma medida, num mesmo copo.

Gilberto encarava Nazareno com sorriso no rosto, bebericando a pinga pra tontear aos pouco.

— Tu traça minha futura esposa e ainda me acusa de ladrão. Esses preto do canavial num é preto que nem eu, hein. Bem que meus parente distante dizia. Só descendente de capitão do mato, vice. Meu Bisavô dizia muito sobre uns preto que parecia animal fugindo...

— Cabra, meu Biso também foi capitão, mas num dizia essas coisa não – foi se defendendo Nazareno, parando de se debater pra encara Gilberto.

Jussara continuava num banquinho com a cabeça baixa, fingindo não estar na situação que arrumo. No fundo sentia peso de José.

— Aquela hora cumpadre, eu te defendi de Garcia, e tu ainda me acusa...

— Gilberto – disse José com certeza na voz. – Home, vamo deixa de agir igual curumim, eu sei o que tu faz, num julgo porque já robei umas laranjinha na infância. Vamo resolve isso como home, se eu provar que sou home brabo também, me devolva as moeda, vá. É meu único pataquim pra vive lá em Salvador.

Gilberto nem mexeu a boca num esboço de responde o sotaque. Coração de José parecia um atabaque tocando pra Zazi, chegava ser mais alto que a música distante. O dono do cabaré fico pensativo por uns instante, mas sem deixa de encara Nazareno com olho de pantera, massageando o queixo a procura do que dizer.

— Se tu me derruba, devolvo seus dois saco.

— Não Gil, faz isso não – Jussara levantou do banquinho apavorada, se metendo no campo de visão de Gilberto e José. – Zé, escute, num diga nada. Gil – ela se viro pro namorado. – Num precisa se esforça por erro meu, já entendi, foi coisa feita, te disse. Nunquinha que eu ia pra cima de um rapaz novo desse. Escute, eu levo ele lá pra fora e faço Zé escolhe um capanga pra briga, se ele ganha tu devolve as coisa e acabo a noite, tu para de se aperrea e pode goza da noite. Que pensa?

Nazareno olhava pros cabelo de Jussara e pra Gilberto, que olhava pra ela com atenção, esbanjando a mesma cara pensativa. Os olhos dele percorreu o braço da moça, toucou os dedim tremendo, pensou mais um tanto.

— Ói muié, até concordo. Ainda mais eu estar cansado nas noite de hoje, mas o home me ofendeu...

— Tu já disse que pego, num disse? Afirmou quando sotaqueou ele, certo? – cortou ela, com a voz esganiçada que só. – Então deixa teus capataz resolve pr' tu. Cabô.

— Tá certo, Jussara. Serafim, Diadonísio, Funil, Zé Banco. Lá pr' areia – Gilberto grito apontando pra porta do cabaré.

Os dois grandão levou Zé pelos braço, apertando com os indicadores e dedões com força pra pega os nervo e doe que nem a peste. Os frequentadores só conseguiam cochichar entre si, mais entretidos com a briga do que com o que vieram memo fazer ali. Jussara deu umas apertada no passo e disse pra Nazareno, nem se importando que os capataz podia ouvi:

— Pega o Funil, ele tem doença de ossos, um chute quebra. – Era quase um sussurro. Os pelo ouriçou e outras coisa levanto.

A noite estava fresca e úmida quando chegaram nas areia e mato que tinha na frente do estabelecimento. Agora, fora o povo que pegava um ar do cabaré, fumando seus pito, tinha os bebo do bar que riam do pretim que era arrastado, curioso, cara de moleque.

— Solte – disse Gilberto, e os capataz jogo Zé no chão.

Zé apalpo os braço pra aliviar as dor e limpar as areia na hora de levantar. Encaro a roda que se formava a seu redor, contrastando com a luz forte da entrada do boteco; Gilberto, seguido por Jussara e os quatro capataz. Um cuspiu na areia, catarrando ranho ao encarar. Era Zé Banco, um cumpadre de costa quadrada igual o queixo, calvo e sujo de poeira e terra. Outro só sorria igual palhaço, era mirrado parecendo pau de sebo, tinhas uns cabelo fino e comprido, a pele branca quase transparente mostrando as veia verde e um dos zóio que era branco de catarata ou algo pior, era Funil, o jagunço véio que fazia as conta dos lucro pra Gilberto, que como Zé, só dominava certos cálculos. Os outros dois eram os que carregaro o nego, dois irmão bem parecidos, ambos cor de caramelo e barba falhada, esburacada. Diadonísio ainda conseguia ser maior que Serafim, parecia um tronco de árvore com pernas e força descomunal. Este olhava pra Nazareno com cara de sossego, como se estivesse as quatro da tarde comendo fruta pra zoiá passarim.

— Escolhe, cabra. – ordeno Gilberto, acendendo um pito e soltando nas boca de Jussara, que puxou e soltou de volta, reciclando fumaça, onde já se viu.

— Vô cum Funil, vice.

Foi uma reverberação de risada. Era no boteco, na roda, até lá da sacadinha da frente do cabaré. Funil cruzo os braço e me olho de pé a cabeça, fungando igual gripado. Nazareno estalo os dedo da mão, como que quisesse amedrontar e fiquei repetindo pra mim memo: "tu é Zé dos Cocos, faça o que Zé dos Cocos faria. Seja como tu sempre sonho em ser." Deu dois passo pra frente, indo pro meio da roda. Funil fez igual como que imitando. Gilberto só sorria da mesma maneira insolente que riu quando Zé o provoco. Então Zé Banco disse: "Vá logo, Funil, cabe cum o cabra". E ele viro Zé de uma vez, pego ar quando escuto isso e logo pego impulso pra cima do véio, que desvio como vulto do soco, fazendo Zé come areia mais que tartaruga nascendo. Foi outra risadaria, como se o nego fosse um teatro de piada. Tava cada vez mais enfurecido, pensando em Mainha e Painho pra dar força. Levantando e limpando a cara, lembro de Bisa, de Anjo, de Vóinha. Lembro que tinha que ser forte e enfrentar meus assunto. Foi com mais fúria e foco e conseguiu acertar um soco na cara do véio, mas ele sacou uma faquinha quase invisíve e abriu um bom corte no braço de Nazareno. Começo a sujar toda sua juta de vermelho, mas a afobação fez com que quase num sentisse nada. Fico rodeando o véio armado igual bicho caçando. Funil continuava sorrindo e fungando, enquanto Zé se indignava de estar perdendo uma briga com um caquético e magrela, com doença de ossos. Só se... Pensou direito e foi pra cima de novo, seguro o braço da faquinha e o outro, ele esboço de chuta, mas penso mais rápido e chuto o joelho do véio contra o chão, fazendo um estalo agudo, teve a sensação de estar quebrando as cana lá no canavial. O sangue apareceu também pra Funil, acompanhado de parte de seu osso da canela furando pra fora das pele. Zé deu dois passo pra trás, pego a faquinha e sem raciocinar muito, passo com precisão nos pescoço de Funil, igual Teotônio fez na barriga de Painho, fazendo o sangue vermelhante cair na areia. Uns suspiro veio, e algumas viva no fundo, como que para encorajar Nazareno, o vencedor. Ele se afasto e por um momento evito de olhar pra Gilberto, com medo da expressão que estaria em seu rosto. Só espero, ofegante, a sua voz aparecer.

— Agora é minha vez...

Quando ele disse isso foi que Nazareno sentiu a noite, um frio que só ele sentia, com medo de ter de enfrentar Gilberto.

— Eu escolho um, se tu vencer de novo, pode pegar o pataco de volta.

— Mas ele venceu, Gil...

— Tu tá apaixonada? Quer salvar o amantezim Jussara? Sua quenga – ele gritou.

— Não home, se aperreie não, faça o que quiser, vice. – ela foi se afastando em direção ao cabaré de novo, eu via nas cabeça dela os medo de ver Zé morrendo por conta de bandalheira dela, antes de entrar se virou pra fora de novo e se apoio nos calcanhares, mimicando com a boca algo como "me perdoe" pra Nazareno.

— Home... – Zé começou a dizer.

— Olhe, quero mais sabe de tua fuça não cumpadre. Num vai ter nada de volta, ninguém mando passa a mão em leoa que num é tua. Tudo isso foi bom pra nos divertirmos, pena por Funil. Mas estava veiaco já. Foi bom, pra começar a animar a noite. Vou voltar pr'a minha morena. Serafim, Diadonísio, suma cum o diacho. Faça o que tiver que fazer.

Começou Nazareno, a se debater feito peixe de novo, gritando, revoltado com a perca das moeda, sua cabeça girava feito redemunho, pensando em como que ia fazer pra chegar em Salvador, cogitou em como poderia se manter em Santo Amaro se nem os pataco pra dormi e come ele tinha mais; estava tudo enfiado no bolso de alguém que já tem ouro de sobra. Ao memo tempo que ele xingava e chutava o vento, xingava o destino também, culpando-o de ser injusto e cruel. Eu atrás ia acompanhando com peso no peito, entendendo ele. Mas destino é um alinhavo rapaz, é de fase em fase. Tu é a linha, que vive um alinhavo de vez.

Teve um momento que os home se irrito nos limite das venta, quando estavam já na penumbra da madrugada perto de uns mato alto, jogaro Nazareno no chão e começaram a bater nele com tudo o que tinha: braço, pé, gaio grosso caído nos canto. O bichim fico todo lascado, as pele aos frangalho. Despois que viro que já tava bom de porrada os home, ofegante, puxaram duas faca do cós de suas calça.

— Faz isso não, por favor – Nazareno implorava. – Já me lasquei de ter perdido pataco, tô sem eira nem beira, deixe-me morrer com dignidade, o que cêis vão ganhar com isso?

Diadonísio guardou a faca e limpou o suor da testa.

— Gilberto vai nem saber se dissermos que matamos – ele disse a seu irmão, carrancudo, que não respondeu de imediato, nem guardou sua faca, apenas ficou zoiando o coitado de Nazareno que se remexia em dores.

— Ói, tu trate de sumir, suma de Santo Amaro – ele se abaixou até Nazareno, seu corpo fez uma sombra que cobriu o ferido o fazendo desaparecer na escuridão. Passou a lâmina de sua faca no rosto de Nazareno, sujando-a com sangue. Forjando prova, ó paí. – Suma! Se não na próxima tu num sobrevive. – Serafim levantou e fez um sinal com o cocuruco pra Diadonísio, então deram meia volta, caminhando em direção ao cabaré. Nazareno fico zoiando a lua, pedindo que Anjo descesse de lá e levasse ele junto.

A escuridão tomo conta de sua mente por um tempo que até hoje num sei contar. Era como se todo o corpo de Nazareno latejasse, como se a pele todinha tivesse sido arrancada das carne. O sangue caía pro mato molhado de umidade, alimentando a terra. E era como se o solo sagrado respondesse de volta, energizando o cabra dilacerado. De um súbito José levantou a cabeça, gemendo feito porco no abate quando sentiu as dor tudo. As juta tava grudando como se tivesse derrubado angu em cima dele. O tadinho se levantou com dificuldade e começou a caminhar sentido a estrada que daria até a pousada. Mesmo que a cabeça doesse, ainda conseguia digerir o que tinha acabado de acontecer comigo. Era um sinal de que eu num ia me da bem na cidade, portanto, deveria voltar pro Canavial, convencer Mainha que lá daria pra viver bem, que não precisaria de fica longe pra vir bonança. Estava sem uma moeda nos bolso, sem nada, sem ter como fazer nada. Um dinheiro que Bisa juntou a vida toda. A véia morreu com cento e quatro, vice. Imagina o tamanho da perca. Que faria? As moeda, as luta, os suor, foi tudo embora com os parente. A família Nazareno era uma árvore quebradiça, tendo apenas dois galho, e ambos já estavam sem folhas verdes e deslumbrantes. Conforme o corpo esfriava, as dor dos inchaço invadia seus nervo. Nazareno ia apalpando o rosto, o olho esquerdo estava coberto com a carne inchada da bochecha gorda feito pão; a boca cortada, salivando ferro puro. Ele ainda tinha que pegar suas juta na pocilga, sair sem Redondinha ver, pois já não tinha mais o valor pra quita os gasto do quarto. Lá na frente dos caminho, quando foi pra cidade, foi talvez entender o porquê dessas rastera da vida. Mas demorou pra Nazareno Quase Adulto. Ele ainda tinha coisa de curumim dentro dele, como se o Nazareno Menino vivesse todo o tempo grudanhado nas suas costa. Daqui poucas semana seria a tal festa que come peru, festança de dezembro que Bisa dizia que a sinhá fazia, e José queria ter a oportunidade de conhecer isso lá na cidade, mas estava sem esperança. Eu olhava com pena, andava devagar com ele, passo a passo, só não marcávamos a mesma lama, isso apenas os pés dele conseguiam fazer. O matagal tinha cheiro de colônia fresca, ele pegou algumas folhas pra limpar o sangue do rosto, dos olhos. O caminho que antes ele fez rápido igual lebre, agora parecia longo, como se fosse chegar ao fim só na velhice; ainda mais coxo como estava. Nazareno foi sendo levado na maré igual eu gosto de ser levado. Eu fui levado por conta das cantiga dos menino aqui na esquina, e ele pelas porrada da vida e de cabras. Por causa de mulher ele apanho, ele: Nazareno. Por causa de mulher...

Os zóio abrindo grande, que chegava a mostrar os branco, fez lembrar que já estava perto da esquina da pousada e Deus ou Diabo deu o milagre ao home. O tal caminhão que levava passageiro passava um tanto rápido na rotatória que se ligava à pousada. Foi as ultima força que tinha, correu sem pensar na dor, foi abstraindo, foi fingindo que não tinha nada de cortado, nada sangrando. E foi. Tenta alcançar conforme pode a rua, o caminhão vinha vindo, Nazareno surgiu sob a madruga acenando desesperado, até que os joelho falhou e Zé caiu no chão. Pisco e viu o céu começando a acinzenta pra querer abrir. Pisco duas, viu o caminhão passando. Disgraça. Pisco, viu o caminhão parando.

DILEMA DE VICTOR HUGO

"meu amor, você é um gênio, teus amigos escritores sabem que você é um gênio."
Aí papi ficou bem louco e disse:
"Gênio é minha pica, gênios são aqueles merdas que o filho da puta do Lalau gosta, e vende, VENDE!, aqueles que falam da noite estrelada do meu caralho, e do barulho das ondas da tua boceta, e do cu das lolitas."
O caderno rosa de Lori Lamby

Para Jurandy Valença

E se eu imitar Hilda Hilst? vamos aqui fingir que essa coisa de plágio não existe. Hoje moramos em Tlön. Quero tentar entender como ela, a Unicórnia, minha mestra; safada, já provou que está viva, mas é sempre dialógico porque com a Hilda é sempre ela falando consigo mesma, ela gosta de escrever questões com palavras, bem só dá para dizer inglês, como ela fazia às vezes: kooky words; mas então, ela usava palavras gostosas de se ler, tipo pterodáctilo, olha que delícia é dizer sílaba por sílaba, pintassilgo, o que pensam de homúnculo? Mas então, ela usava essas palavras para se fazer questões, em todos os seus contos e textos ela ficava perguntando, e sempre ela se respondendo. Então lanço de uma pergunta também: "Vocês mortos, estão vivos aí do outro lado?": ela mesma respondeu, porque todos que estão mexendo com Hilda Hilst em meus tempos levam choque do espírito dela.

Espírito mesmo, as dúvidas de Hillé; botava espírito em tudo: na figueira, nos ouvidos; também ela reavive espíritos, quem a lê, por exemplo. Hilda é uma mentora, Hilda adoraria ouvir as minha bandalheiras, de quando eu dei o cu, Unicórnia iria adorar ouvir a história das bichas de hoje. Bem, Hilda, digo uma coisa, da onde sai milho, não entra sabugo. Sabe que é um túnel tortuoso esse o que Bataille ama falar sobre. Porém, Hilda sabia sim, que todo mundo mexe no seu, só uns ultrapassam mais limites que outros. E cá eu imito ela e não consigo fugir do cu. Porque quando me aproprio desse espectro hilstiano fica gostoso falar do cu, ele se torna objeto de sabedoria. O calão é um lugar interessantíssimo. O que Hilst pensaria do Xvideos? Há anões nesse site, muito fácil de se achar anões lá. Ruíska iria adorar, certeza. Não acha? Sem falar do oco, quanto oco não achamos nesse profano lugar digital? Ocos de todos os tamanhos, em diversas quantidades. Há multidões, e há solitários. E todos eles mexem no próprio cu.

E posso falar pra ti? Hilda iria amar tomar um uísque comigo e ouvir eu falar das bichas. É tão gostoso ser bicha, o profano de sermos apartados, já nascemos fora do normal. Olha, todos os escritores que foram veados são ótimos! Bicha sabe fazer as coisas. Thomas Mann, por exemplo, já leram A morte em Veneza? porque a Hilda leu que eu sei, então, vocês já leram A morte em Veneza? tem novela mais bem escrita que aquela? E mais gay também? Oscar Wilde, um exímio escritor; uma bichona; hoje o que chamaríamos de sugar daddy. Um dos meus favoritos: Proust, além de muito bichona, iludida. O que dizer de Lúcio Cardoso, é um grandessíssimo escritor; Caio Fernando Abreu, um verdadeiro rei, e Foucault, um grande orgulho. Mas sou Truman Capote depois de um enforcamento logo no início de minha carreira.

a baixo, Hildinha;

estou triste e queria que eu fosse feliz como você; eu queria escrever como você. Dizem que quando você tratava de sentar para escrever parecia um homem, e eu bem sei que você amava se disfarçar de homem, você sempre teve pica pois sempre mandou na própria vida; e queria ser como você, mas quando escrevo eu pareço, para usar de uma palavra que já disse, um pintassilgo, um homenzinho magro e frágil, pareço com o Ju. Sabia que eu conheci o Ju? ele disse que eu sou bonito. E fiquei feliz pois me senti mais perto de você, Unicórnia. Me senti como quando o Werther, sabe? Esse eu sei que você já leu também, mas como quando o Werther fica feliz a beça porque está do lado de alguém que visitou a Lotte, então, estava com alguém que esteve junto dela. É assim que me senti quando conheci o Ju, mas não foi cara-a-cara, para ele só poderia oferecer a amizade, e também porque eu escrevo bem e sei disso. Queria mesmo é que você fosse minha mãe, por mais que saiba que isso jamais aconteceria, a não ser que eu fosse um cachorro adotado na Casa do Sol, porém isso iria ser tão bom, porque eu queria ser ensinado por você, Unicórnia. Não sinto que esse texto está convincente, tem muito de mim aqui, e não deve ter muito de mim num texto em que faço plágio de Hilda Hilst. Acho que vou ali reler a obscena senhora D, ando com vontade de sumir e morar debaixo da escada do mundo então possa ser que seja uma boa ideia, ler para me perder em tanta lucidez e porque quero imitar Hilda Hilst, pois minha ideia hoje é chamar seu nome e escrever para tentar me entender. Quem dizia isso era Saramago, que ele escrevia para compreender; e quem compreende alguma coisa? Vou reler Senhora D. Volto num instante.

Vim aqui novamente para dizer que os livros nos trazem os momentos em que os lê-mos; quando li sobre Hillé a última vez, não queria compreender nada, portanto não havia lido Senhora D o suficiente, agora, que quero compreender e vejo que o primeiro parágrafo traz esse sentimento, percebo que hoje é a primeira vez que lerei Obscena Senhora D.

um dia vou compreender, Ehud.

compreender o quê?

isso de vida e morte, esses porquês.

E desde que eu conheci essa sem-vergonha, tudo faz sentido. Hilda tinha o espectro. Já ouviram falar do espectro?, é comum de nascer em alguns escritores, alguns, repito. Esses adoentados como eu tem um bordão: "Eu só quero escrever." Às vezes tem complemento: "Eu só quero escrever: mais nada." Hilst tinha o espectro. Ela fala de pai: tenho problema de pai. Ela fala de Deus (pai): tenho problema de Deus. Ela fala de amor: tenho problema de amor. Sou um ser estranho, descarado; leio livros mas quero a rédea; quando vou ler os escritores eu decido para onde vou. Hilda me leva, não há outra maneira de lê-la senão pegando em sua mão.

Meus escritos não são para meu pai, taí uma diferença entre o discípulo e a grande santa. "Meu negócio sempre foi com Deus", ela disse uma vez. Porém, isso ainda continua uma grandessíssima merda, não tem nada de Hilda aqui a não ser o repetido nome, o duplo, o espelho, espelho, espelho.

Poesia? Ah, tenho poesia também. Escrevi várias, também aqui nessa casa dos vinte onde tantos olham para a gente e diz esse não sabe de nada, assim como deviam olhar para a Hildinha, a poeta loura. E vamos, eu e ela, pessoanos, fragmentados, édipos e dionisíacos. Vício em nomes de Apolo, em cidades cênicas, população bufa, cerne dos anjos. E como ela, poetizo no arrepio, nossas mesas falam e reclamam, seus pés mordem nossos joelhos: levanta escritor e vá escrever o que vende. É isso o que dizem as mesas em todas as eras.

Como o relógio na Casa do Sol conta o tempo?

Passa sem olhar? Como devo eu escrever esse texto sem pontuar e sem olhar, somente sombras, as sombras da senhora Silêncio a me perscrutar nas esquinas de casa. Minha casa, a minha casa é onde estou, não onde tenho. E quero dizer sobre escritores porque se Hilda escreveu a um poeta, então a palavra-chave é escritor. O pedreiro das sintaxes, Heráclito quando na consciência, e processos, e mais processos, e a vida que sai do livro. A morte de Ivan Ilitch é um grande exemplo de vida que sai de livro.

E o quê o escritor conseguiria fazer do tempo?

O que quiser, oras. Responderia a mim mesmo. Vocês me digam uma coisa, quem toma o rumo da literatura? Quem lê ou quem escreve? Lanço um paradoxo a vocês: quem manda na leitura, quem cria ou quem analisa (com olhos ou ensaios)? Falando em mim mesmo como eu disse ali em cima. Taí, é para mim mesmo que escrevo. Em mim vivem inúmeros. Mas quem me faz são os homens do passado. Cada letra e frase que monto são falas do passado, são falas dos outros em papéis e palestras. Sou Camus quando quero, também sou Pessoa quando sonho. E tantos seres não respondem a pergunta: quem manda nessa porra? Ninguém sabe. Porque se odeio, é um reformador. Ai, ui ui ui, não, estou chamando a pessoa errada. Já começamos com os cênicos? Os teatrais entram; não, tudo errado, senhor escritor.

Foco, voltemos à ela. A humana. Aquela que sempre tem algo a dizer. Vou falar direto com ela, quem sabe não vem a lanterna?

Hildinhá, deixa eu te dizer: eu te amo! Continuas viva como sempre. As previsões se confirmam: querem muito lê-la. Mas já se prepara que ainda insistem em perder tempo querendo entender se você casou com o Dante por causa da sua mãe ou não. Não procuram pelo édipo em sua obra. Não vão ler Senhora D. Mas, calma. Há aqueles que realmente querem provar sua genialidade, sou um deles, viu. A senhorita já chegou lá. Esses dias vi que estavam falando na gringa sobre um tal de The obscene madam D. E quando chamo Hilda adoidadamente aqui nesses pensares, devo perguntar: tá, mas qual Hilda de que você está falando. Ah, tem a Hilda certinha para meus questionamentos: Eu quero aquela sessentona, a revoltada de uísque na mão no apê do Mora Fuentes.

Hildinhá, sou um teimoso: quero escrever difícil, quero escrever os pensamentos, quero zombar da realidade, não quero saber de revolução. Você é um grande pilar de minha herança literária, só está atrás de um senhor cegueta que também amo de paixão.

Passo pelo dilema de Victor Hugo. Conhece Victor Hugo, não Hilda?

Mas é claro.

Finalmente.

Não sei porque segura tanto para mergulhar, frouxo.

Tenho medo. Do quê tem medo? O mesmo medo que a senhora teve. Não me chamava de você até agora. Vou continuar então, sinto que você é o melhor ser humano do mundo. Tá carente, menino? Seu namorado não te come? Não gosto de dar o cu, Hilda. Ali em cima disse que queria me contar uma história de cu, então não estamos falando do mesmo cu. Já aconteceu, mas eu não gosto, a senhora sabe que os gostos passam. O que quer tanto comigo, qual é a sua, me diga. Você é mais feliz aí do outro lado? Sem dúvida alguma; a surdez é um eterno remédio; mas, menino, para com isso de tristeza, eu tenho a vocação da felicidade, eu não quero conversar com melancólico hoje, tá um sol tão bonito. Concordo, agora que a senhora; tá, você: você me escutou, agora quero aprender. A risada gostosa da senhora portando cigarro fino. Você pensou ou disse isso, menino? Pensei e escrevi, e acabei dizendo também, Hilda quem diz, fala e escreve, voz é texto e texto é sentimento. Além de pederasta, é poeta. Poetas são sempre esplendorosos pederastas. Mas me diz, qual a mágoa; o que te move no momento? O que te move?

O escritor, Hilda.

O escritor?

Ser escritor é muito difícil, aceitar é o pior dos passos.

Você tem cachorros? Sim, tenho três. São as melhores companhias para escrever. Você quer ser lido, menino?

Aí que está, não sei. Sou hermético, Hilda, não consigo não ser, porque eu já fui tantos homens.

Qual seu nome?

Me chame de o escritor.

Clichê.

Poético, senhora.

E a palavra é hermética. E Hilda, sou uma bichona, eu sei o que estou fazendo.

O que tem o Victor Hugo?

O cara sabia que mandava bem.

Triste a mulher que teve que dar para Victor Hugo.

Não disse na pica, disse na pena. Eu sei que eu mando bem, por mais má qualidade, pelo menos eu penso. Só que, Hilda, Victor Hugo c'est moi, sei perfeitamente que esse Eterno Retorno posso fazer de brinquedo de escrita. É preciso falar dos Miseráveis de Santa Cruz, mas deve-se sempre falar a verdade; preserve-se a verdade.

...

Mas não seria melhor falar de si para si, que voz é essa? Oras, a que você escolher, aqui é rei e rainha, plebeu ou bichinha. O auge dos gênios é no exato momento da composição, em todas as artes é assim, na música, na televisão, em todo o teatro, que antes na Grécia era de um jeito e agora está em todo canto, hoje mal veem tevê. Porque é atuação até o escritor escrevendo é um papel, é o papel do concentrado, do sabe tudo, sabe nada, escreve difícil, escreve fácil, vomita palavrão torpe palavra batida expressão batida narração fingida.

Poesia. quase uma vírgula, uma cabeça sem tampa, um urso de purpurina, forte ao falar de flores e folhas; palavra e semânticas, palimpsestos digitais e nada de alguém dizer é aquele ali, ou como deve ser na moda, aquela lá; mas qual deles? Me aponte um. Não sei como querem sobreviver assim.

Sobreviver pelo tempo porque ele é um grandessíssimo apagador: apaga. a poeira cai nos coitados que estão no ostracismo. Apaga

apaga, vai, apaga.

escritor, apaga! Você não deve escrever essas coisas, sim euzinho, euzinha, mando no que diabos você vai escrever. Mandamos em sua cabeça.

Repitam, galera.

Mandamos!

No quê?

Na sua cabeça!

Mas que putaria é essa? Mas não é o que queriam?

Acho muito triste que o "pornográfico" que Hilda procurava tanto em retratar iria ficar em alta logo depois dela morrer. Mas com assepsia; não, total! Vai falar de você ou não? Vou, mas tenho que explicar primeiro que eu sou todos os escritores, se vou falar de mim, de um só coitado e sua máquina de escrever com fios, falo de todos, desde aqueles que escreviam nas pedras.

Falo.

Aliás: já falei, no conto primeiro: aquele que assiduamente lê e relê Georgie, é Georgie. Vamos lá, dissecar o dilema de Victor Hugo? Sim, não botou no título? E tenho que explicar? Título dita o que é o que vai ser. O quê? Enredo? Conflito? Argumento? Pode ser tema, senhor escritor. Por que não revela o nome?

Tenho todos os nomes.

Xiii louco como Nietzsche?

Louco como Joyce. Mas bicha, e bem deprê; tipo a Woolf, nossa como eu pareço a Woolf, pareci muito nas últimas semanas. Chame de o escritor.

Como chamo se estou dentro de você? Estou dentro no médium da mesa branca? Ah, está sim.

Falo eu.

Não, você; o hermético?

O sem-entrega. Explique a tese, teimoso.

...

Senhor? Senhor? Até ontem não queríamos saber do senhor, era apenas um pensador fumante e jovem. Agora que escreve contos pedantes e de emulação deficiente, ó, grande escritor, ceda-nos informações sobre o que pensa.

Como vê o escritor, o que é escrever para você?

o de hoje? de agora? ah, para mim; técnica? já fizeram tudo, e acho House of Leaves exagero. bem só penso o seguinte, quem me forma são os autores que leio, e gosto de reler, isso é coisa boa, temos que reler as coisas minha gente. escrevi um conto uma vez, é a história de um homem que, excitado, comenta volume por volume de sua pequena biblioteca. tendo um Homero ali, um Borges aqui, um filósofo lá, um livro de história cá, sobre literatura, um Lukács, bingo! dá para se fazer bastante coisa.

o que dói; dói ser condenado a escrever, são corajosos os homens e mulheres que nasceram na terra dos papagaios (pensa numa terra onde todo mundo imita todo mundo) e enveredam pela escrita, sempre tem que ser escritor e jornalista, escritor e agricultor (Casares, pode entrar), escritor e youtuber, escritor e cozinheiro.

escrever dá trabalho, o escritor bom deve ser vagabundo e ocioso, não se dá para ler bem e escrever bem sem um dia todo a seu dispor.

Então: Victor Hugo?

Porque não quero falar dos condenados, nem de revolução, de uma forma rasa. O Tempo é meu maior leitor: ele encomenda a peça, vou à pena, mas faço segundo minha caligrafia. Para mim ninguém presta, mas o que presta, o que traz, pelo menos, pensamento; o que é tijolo, peça, pilastra. Comunidade literária? Ãhn? Não, muito barulho; é barulho demais. Esse século está uma grande bagunça. Um enxame, um coreano disse. Um zumbido sem parar. Como vão enxergar uma voz nisso tudo?

você está com fome? não, não estou. vai morrer. tudo bem, é até bom. parece a Virginia quando acordava para escrever Mrs. Dalloway. mas eu sou a Laura: eu sou a Laura, voz, eu sou a Laura. Cunningham já fez antes de você. eu sei é o que estou tentando explicar e se eu colocar Machado à partir de agora não será novidade. porém eu tenho muito do que falar, eu prezo sim por estética, seja louca ou sadia, mas tenho muito o que falar usando da voz desses grandes antigos.

Mas o que quer com esse texto?

eu? mostrar minha partie honteuse.

...

Que maluquice, volte para Hilda. Por quê? Precisa terminar o que começou. Mas nada se começa é tudo processo, processo, processo. O fim também é processo, vocês sabem, vai: primeiro tudo se enrijece feito mármore, então se incha, saem gases, fede, então vem terra...

Já sabemos!

Não, não sabem. Se sabem de tudo então para quê escritores?

Mostre o que tem.

Mostrarei, neste livro mesmo que vocês tem em mãos.

Você quer ser lido, menino?

Sim, quero!

Está sendo, neste exato momento.

É ela de novo?

Ela é assim, aparece mesmo. Uma vez apareceu no meio da prosa da Lygia, justo quando a Lygia falava dela; ela disse: velhice mesmo!

Arrepio de chorar de quanta coisa eu tenho para falar. Sua grande maioria está de pé. Mas o quê quer?

Nada, quero dançar. Quero microfones, quero que o Brasil enxergue que é um maravilhoso país. Somos únicos, não somos? Por mais que Machado lia Victor Hugo, ele era brasileiríssimo. O que há no Brasil, só há no Brasil. Escritor, você disse que não queria falar de política; mas não estou falando. Isso é nacionalismo. Isso é estalo, eu como boa bichona que sou quero estalar os dedos nos olhos desse país e dizer: acordem! Isso está uma loucura. Hilda de novo. Sim! Hilda e todos os loucos, orangotangos de verde-amarelo. Como uma terra com nome Brasa não iria ser assim, fervente; melhor, efervescente. Quero ser lido sim, vozes. Quero salvar algo que não está em perigo. Quero luz e castidade.

Quer é ser dono da verdade. Não é isso que fazem os filósofos?

Não eu, sou discípulo de Nietzsche. Xii, já sabe a palavra, né? Não, qual é? Misoginia. Não, eu disse discípulo, os discípulos não são como seus mestres, apenas aprendem com eles e fazem diferente. Como Nietzsche, também suspeito de mim mesmo. Amo Borges mas tenho o que é meu; o pastor não é o discípulo... se bem que eles fazem como a Bíblia manda: mate, mate, mate! Impeça! Reflexões, refluxos, regurgito e nada de sentidos. O escritor deve escrever historinhas, você não escreveu uma historinha aqui, frouxo. Ruim! Péssimo. Não os escritores de hoje. Para mim, eu, euzinho: o escritor, vejo que todos são escritores, cada post de rede social é um livro.

Querem uma história? Então tá. Era uma vez um veadinho, ele nasceu prematuro, a mãe morreu quando ele tinha quatro aninhos, então ele foi viver com seu papaizinho, e o papaizinho não aguentou ficar com o filhinho, deixou com a vovozinha, que era maléfica, uma classuda fumante que quebrou nos tempos do Collor, o veadinho queria ser escritor desde pequenino, então ficou desenhando historinhas nos caderninhos, depois escreveu as historinhas, então perdeu muitas das historinhas e quando cresceu disse ser veadão, viveu um outro veadão e continuou escrevendo. Um dia, o veadinho cresceu mais ainda, virou fumante, começou a virar garrafas de cafeína, então decidiu escrever de verdade, então um dia decidiu por ler a Ilíada, outro dia caiu em seu colo um livro chamado O Aleph, aí danou, virou o que virou. Hoje o veadinho quer publicar seu primeiro livro de contos. Porém, o veadinho não gosta de deixar se influenciar, ele gosta de pensar por si mesmo, e o veadinho mora numa floresta de plantas sensíveis, todos eles são dormideiras, você toca no nervo uuuuuuiiiiiiii, sou leitor sensível, apaga, apaga, apaga. E publicou, fim Agora está na mão de quem lê. A pergunta é: onde vai o veadinho? Para a estante, para o dia seguinte, ou mais uma vez vocês serão necrófilos?

pólen soft 80 gr/m2
tipologia garamond
impresso no outono de 2021